HİKMET ANIL ÖZTEKİN

elif gibi sevmek

dem

Okumaya Başlama Tarihi ....../....../.........

İmza Tarihi ....../....../.........

DESTEK MEDYA GRUBU

DESTEK YAYINLARI: 1223
EDEBİYAT: 382

HİKMET ANIL ÖZTEKİN / ELİF GİBİ SEVMEK-DEM

İmtiyaz Sahibi: Yelda Cumalıoğlu
Genel Yayın Yönetmeni: Ertürk Akşun
Yayın Koordinatörü: Özlem Esmergül
Editör: Özlem Küskü
Son Okuma: Devrim Yalkut
Kapak Tasarım: İlknur Muştu
Sayfa Düzeni: Cansu Poroy
Sosyal Medya-Grafik: Tuğçe Budak - Mesud Topal

Destek Yayınları'ndaki 1. Baskı: Şubat 2020 (10.000 Adet)
Yayıncı Sertifika No. 13226

ISBN 978-605-311-753-7

Abdi İpekçi Caddesi No. 31/5 Nişantaşı/İstanbul
Tel. (0) 212 252 22 42
Faks: (0) 212 252 22 43
www.destekdukkan.com
info@destekyayinlari.com
facebook.com/DestekYayinevi
twitter.com/destekyayinlari
instagram.com/destekyayinlari
www.destekmedyagrubu.com

Deniz Ofset – Nazlı Koçak
Sertifika No. 40200
Maltepe Mahallesi
Hastane Yolu Sokak No. 1/6
Zeytinburnu / İstanbul

DESTEK yayınları KARAKARGA BEYAZ BAYKUŞ genç DESTEK

Hikmet Anıl Öztekin

elif gibi sevmek

dem

Seviyorum dersin,
ya kısmetin olur ya imtihanın!

DESTEK
yayınları

Yazar Hakkında

Trabzon'da doğdu. Matematik ve fizik aşkıyla dolu çocukluk yıllarının ardından İstanbul Teknik Üniversitesi Gemi İnşaat Mühendisliği'ni kazandı. Üniversite yılları kelimelerdeki, insanlardaki ve yaşamdaki matematiği keşfetmekle geçti.

Henüz 26 yaşındayken çıkarttığı "Elif Gibi Sevmek" kitapları 1 milyon baskıyı geçti. Ardından *Eyvallah*, *Eyvallah-2* ve *Fesleğen* kitaplarını çıkarttı. Tüm kitapları toplam 2 milyon adedi geçti. Sosyal medyada toplam 7 milyondan fazla takipçiyle üretmeye, paylaşmaya devam ediyor.

Uzaktan yazar olarak kabul edilse de dikkatlice incelendiğinde kendisinin yazarlıktan ziyade derdi insanları uyandırmak ve değiştirmek olan bir hayalperest olduğunu görebiliriz.

En büyük yeteneğinin "hayal kurabilmek" olduğunu söyler. Kitlesel değişimlerin mümkün olduğuna inanır ve Youtube kanalında videolar, sosyal medya hesaplarında yazılar, kitaplarında da kurgular ile edebiyat yapmaya değil, kitlesel uyanışı sağlamaya çalışmaktadır. Tüm bu yaptığı şeyleri hayatını adadığı yaşam felsefesini insanlara aktarma aracı olarak kullanmakta ve inandığı felsefeyi tüm dünyaya yaymayı amaçlamaktadır.

Hikmet Anıl Öztekin'e "Yaşamınızdan sonra dünyaya bir cümle bırakmak isteseniz o ne olurdu?" diye sorarsanız tek bir cevap alırsınız:

"Ne için varsan, O'nun için yaşa..."

Yazar hakkında detaylı bilgi için: www.hikmetaniloztekin.com

Dünyaya hâlâ daha alışamamış,
tanıdığım ve tanımadığım herkese...

Bu kitap yazarın yaşadığı olaylardan esinlenerek yazılmıştır.

Yanlış Kişiye Âşık Olduğunu Gösteren 7 İşaret

Bu konunun Youtube kanalımdan aynı başlıkla videosunu izleyebilirsiniz. Burada belirteceğim maddeler hayatım, gözlemlerim ve araştırmalarım sonucu ortaya çıkmıştır. Aşkta mantık aranmaz derler, gerçek aşk için bu cümle doğrudur. Gerçekten hücrelerine kadar âşık olmuş birini dünyanın en mantıklı formülüyle bile ikna edemezsiniz. Burada belirttiğim konuları genel kültür olarak heybenize koyun, olur da bir gün biri hakkında değerlendirme yapmak isterseniz çok işinize yarayacaktır, değerlendirmeye gerek kalmayacak kadar da âşıksanız Allah yardımcınız olsun ya bu dünyada cenneti yaşarsınız ya en büyük imtihanınızı...

1. Önce sen doğru musun?

Bir insanın karşısındaki kişinin kendi için doğru olup olmadığını kontrol etmesi için önce kendi doğruluğuna bir bakması gerekir. Yani bir anahtar kapıya uyuyor mu diye kontrol ediyorsun ama önce bak bakalım o açılacak kapı doğru yere mi açılıyor? Sen yanlışsan her anahtar sana yanlış gelir.

Hani bazıları vardır her görüştüğü kişiden ayrıldığında arkasından sallar durur. İki gün önce ben senin için bütün kadınların cenaze namazını kılarım dediği kişiye iki gün sonra İsmail YK'dan "Allah Belanı Versin" şarkısını gönderir. Aslında iyi değildi, ben idare ediyordum, şu kötü özellikleri vardı, kapasitesi yoktu zaten, beni anlamadı vs. laf söyler durur. Bu durumda ilk çözmen gereken kısım sensin. Önce kendine bakacaksın, yani sen mantıklı şeyler anlattın da mı seni anlamadı acaba?

Yanlış yöne giden bir trensen doğru yöne gitmeye çalışan bir insanın seninle yolculuk yapmasını bekleme. Bak aylardan eylül, havada yıldızların en güzelleri var, tefekkür için bulunmaz geceler başladı. Bu gece bir otur konuş kendinle, nereye gidiyorum de. Sen güzelleş doğru insanlar sana gelmeye hazır merak etme.

2. İnsan tüketicileri

İlk maddeden sonra geldik sevdiceğinize. Her şeyi kafaya takan pinpirikli tipler vardır, çalıştığı yerde ufak bir sorun olur büyütür, gelir anlatır, okulda fındık kabuğunu doldurmayacak bir şey vardır büyütür, gelir anlatır. Hep kaygılıdır, endişelidir, depresiftir, kötümser, karamsardır, sürekli birilerinin dedikodusunu yapar, sorun üretir durur.

Burada dertleri paylaşmaktan bahsetmiyorum, ardı arkası kesilmeyen geçici basit dünyevi meseleleri ısıtıp ısıtıp önünüze getirenlerden bahsediyorum. Bir problem üretme makinesi gibi, etrafta konuşulan her şeyi sünger gibi emip ilişkinizin içine kusuyorsa orada bir problem var. Zaten böyle bir dünyada sakin güzel yaşamak zorken birinin sürekli sizi dünya ile meşgul etmesi sizin yürüyüşünüze zarar verebilir hatta sizi yolunuzdan bile edebilir ki bu en kötüsüdür.

3. Muhabbet

Bence iki insanın olabilecek en muazzam ortak noktası muhabbet edebilme yetenekleridir. Öyle bir devirde yaşıyoruz ki örneğin İstanbul 20 milyonluk şehir ama şöyle iki çay koyup arkanı kollamadan muhabbet edebileceğin adam bulamıyorsun.

Herkes güzel arıyor, herkes zengin arıyor, herkes karizma, çekicilik arıyor. Ama ancak bunlara sahip olanlar gerçekten bunların mutluluk getirmediğini görüyorlar. Geçici, ölümlü, sönecek, bitecek şeylerin değil mananın, muhabbetin peşinde olun. O peşinden koştuğumuz şeyler için derler ya, bir kıvılcım gelir malı alır, bir sivilce gelir güzelliği alır.

Siz de dünyada geçici değil kalıcı birliktelik istiyorsanız muhabbeti seçin. Diğer tüm özellikler ve tercihler geçici oluyor. Ancak aynı dili konuştuğunuz insanla yaşamak sanki başka bir dünyadan bir şeymiş gibi oluyor.

4. Gelişime kapalı olanlar

Tabii ki kusursuz insan yoktur ama insan eksik kaldığı yerlerde ya da hata yaptığı zamanlarda iki çeşit tepki veriyor. İlki hatasını kabul edip düzeltmeye çalışan ya da bilmediğini kabul edip hemen doğrusunu öğrenmeye çalışanlar. Bunu bir anlamda çalışkan, saygılı bir öğrenciye benzetebilirsiniz. Size âşıktır, hata yapınca gönlünüzü alır, ona bir şey anlattığınızda ise keyifle öğrenir ve uygular.

Diğerleri de hata kabul etmez, bilgisinin olmadığını bilse de öğrenmek istemez. Bariz bir hatası vardır, elli kere anlatırsın ama ne dinler ne çözmeye çalışır. Bu arkadaşların ya üşengeçlik hastalığına ya da kibir hastalığına yakalanmıştır. Yani ya üşenmekten yanlışını düzeltemez ya da kibirden yanlış olduğunu kabul etmez ki bence ikisi de birbirinden beter hastalıktır.

5. *Gösteriş hastalığına yakalananlar*

Çok çeşit insanla karşılaştım ve çok değişime şahit oldum ama mala, paraya tapan birinin düzeldiğini hiç görmedim. Bazen Instagram'da önüme düşüyor, evini, süsünü, arabasını, sahip olduğu şeyleri paylaşıyorlar. Nişanlısını kolundan tutmuş biz nişanlandık, bu çocuk işte diyen gördüm, garibim like için kullanıldığından haberi yok öyle bakıyor.

Bu insanlar evlerine, araçlarına, evlerindeki bardaklara, çanaklara, tablolara, parlak halılara, pullu perdelere, yani yazarken bile tüylerim diken diken oldu. Gerçekten var böyle insanlar. Aman Allah korusun uzak tutsun. Biliyorsunuz firavun da son cümlesinde "Allahım biliyorum ama şu sahip olduklarıma bak nasıl bırakayım bunları?" demiş.

Lütfen dikkat edin düğünde şunu istiyorum, şu kadar bilezik, şu kadar koltuk takımı, yok sürahi takımı, puantiyeli örtü, kraliyet ailesinde olmayan 48 kişilik kahvaltı takımı... Aman

aman böyle şeyleri dilinin ucuna getireni ya en yakın zücaciyeye geri almamak üzere bırakın gidin ya da alın karşınıza anlayana kadar neden, ne amaçla bu dünyaya geldiğimizi ve nasıl yaşamamız gerektiğini anlatın.

6. Kıskançlık virüsü

Seven sevdiğine değer verir ve maşukum en çok beni sevsin der. Buna sağlıklı kıskançlık deriz ve hoş bir şeydir. Kıskançlığın hastalık boyutunda olanları da var ocak söndürenleri de. Bunu yaşamayanın beni pek anlayabileceğini düşünmüyorum ya da abarttığımı sanacaklar ama başına gelmiş biriyle dertleşmelerini öneririm. Bunlar cidden psikolojik boyutta olan şeyler. Üslup için çok özür dilerim, başta *"Ay ne kadar kıskanç erkek, nasıl da seviyor..."* dersin, sonra *"Lanet olsun böyle sevgiye!"* diyecek hale gelirsin.

Aşk ile sahiplenmeyi karıştırıyor insanlar. Tatlı bir kıskanmakta sorun yok ama hayvani bir hırsla sana emanet olan kişiyi sahip olduğun bir eşyaya çevirmek aslında hem karakterdeki hem de inançtaki ciddi bir sorundur.

7. Gelecek planlarınız

Siz ne düşünüyorsunuz bilemem ama 20-30 yıl sonrasını ben gelecek olarak görmüyorum. "Gelecek planı" benim mantık süzgecimden geçtiğinde 20-30 yıl sonrasını değil sonsuz bir hayatı çağrıştırıyor.

Akıllı bir insan gelecek planı yaparak yaşar ama daha akıllı bir insan asıl geleceğin planını yapar. O kişide sonsuz bir geleceğe çıkılabileceğiniz özellikleri görüyor musunuz? Sizin bir gidişatınız, ritminiz, plan programınız varsa o hayatınıza girdiğinde bunlara katkı mı sağlayacak yoksa kendinizce güzel bir yürüyüşte olduğunuz bu hayat altüst mü olacak?

Birlikteliklerde yüzünüzün gülmesi, mutlu olmanız sizi kandırmasın, eğer hakikatten uzaklaşmışsanız dünyanın en güzel kadınıyla en yakışıklı erkeğiyle de olsanız büyük bir belanın içindesiniz demektir. Şu hayatın kısacık olduğunu yaşınız ilerledikçe daha iyi anlayacaksınız. Onun için gelecek planınızı yani gerçek gelecek planınızı çok iyi yapın.

Sevmek Günah mı?

Kurusa fidanın güllerin solsa
göynümde solmayan gülümsün benim
yaprakların gazel olsa dökülse
daha taze fidan dalımsın benim.

Ağarsa saçların belin bükülse
birer birer hep dişlerin dökülse
vücudun kurusa kanın çekilse
yine şu göynümün yârisin benim.

Bülbülün gül için zar-ı misali
Kerem'in bağrının nar-ı misali
inler garip gönlüm arı misali
tadına doyulmaz balımsın benim...

Bu dizeler Neşet Ertaş'a ait. Fark ettiyseniz ilginç birkaç şey geçti. Vücudun kurusa, dişlerin dökülse, saçların ağarsa, kanın çekilse diyor, belin bükülse, yine de gönlümün yârisin benim diyor...

Şimdi burada samimi bir konuşma yapalım. Sevgili dertdaş, şu an sevdiğin kızı/erkeği böyle sevebiliyor musun? Yani dişi dökülse, sivilcesi çıksa, beli bükülse, saçı ağarsa sevmeye devam edebilir misin? Böyle hafiften çatırdamalar endişeler oluyor değil mi? Yani bizim sevgi, aşk dediğimiz şeyler sanki önemli değilmiş gibi gözüken madde ile çok alakalı. Buraya birazdan tekrar döneceğiz.

Var olan en güzel şey nedir? Varlıkta yoklukta olabilecek her şeyi düşün. Allah. Allah'ın şekli var mıdır? Yoktur. O halde güzellik salt şekille ifade edilen bir şey değildir. Şekil var olanlar arasında küçük bir yüzdeye sahiptir. Zaten şu an bilim de bize eşya yoktur, her şey enerjidir der.

Yani şekil güzellik sıfatını tanımlayan yüzlerce parametrelerden sadece bir tanesidir.

Ama biz ne yapıyoruz, bir kızı/erkeği severken önce şekle, sonra şekle ve hep şekle bakıyoruz. Kızı/erkeği tavlayana kadar her şey normal, çok seviyorsun çok istiyorsun. İlk günler her şey yolunda, sahip olabilme ve keşfetme duygusu seni hep diri tutuyor.

Sonra tanımaya başlayınca diyorsun ki "Aa! Ben hayalimdeki kızı bu sevdiğim bedenin içine sokmaya çalışmışım meğer. Ama bu kız/erkek o hayal ettiğim kişi değilmiş, ben zorluyormuşum."

Sonra uyumsuzluk oluyor. Zamanında 5 dakika çay içmek için 3 otobüs aktarma yapıp uğruna perişan olduğun kızdan kurtulmanın planlarını yapıyorsun.

Sevmek dokunmak demek değildir. Seven sevdiğine şiir okur, muhabbet eder, dua eder, O'nun geleceğini mahvedecek bir şey yapmaz, yapamaz. Ne diyor şair: "Uzaktan sev dedi üstadım, uzaktan sev ki aşkın imana dönüşsün."

Bir yanlışın içindeysen güzel kardeşim belki de bir tevafuk eseri okuduğum bu satırlar sana bir mesajdır. O yanlışın içinden çık güzel kardeşim. Beni dinle ve bana güven.

"Doğru diyorsun da alışıyorsun bir yerden sonra, bıraksan olmuyor bırakmasan olmuyor. Sıkıntılı oluyor yani..." dediğinizi duyar gibiyim. Sevgili dost, kapının önünden ayakkabın çalınınca sıkıntı çekmiyor musun? Patronunun istediği dosyaları yetiştiremeyince sıkıntı çekmiyor musun? Öğretmenin verdiği ödevi yapmayınca sıkıntı çekmiyor musun? Kemerinle ayakkabının rengini tutturamayınca sıkıntı çekmiyor musun? Kolundaki saatin sürtse duvara çizilse, sıkıntısını çekmiyor musun?

Sıkıntısız mesele yok ki bu dünyada, bari Allah için çek bu sıkıntıyı da değsin. Sıkıntıdan korkma, Allah için bir karar almışsın, bırak bedenin çeksin sıkıntısını sen müsterih ol.

Hatalarından dönersen saatin çizilmez, hayatında bir aksaklık olmaz demiyorum. Ama gece yatarken Allahım bugün senin çalıştım, hatalarım vardı elimden geldiğince eğrilerimi doğru yapmaya çalıştım demenin verdiği huzuru tattığın an bu dünyanın şifresini çözmüş olacaksın. Allah için yaşamak nedir öğrenmiş olacaksın.

Ayağa kalkmanın vakti geldi, bahçelerin yetim kalmış topraklarına çiçekler ekmenin vakti geldi. Bilgisiz, aşksız popüler kültür çöllerinden kurtulup gül kokulu bahçelerde yürümenin vakti geldi. Geceleri insanlar dertsizlikten mışıl mışıl uyurken ay ışığının şahitliğinde derdimizi yalnız Allah'a anlatmanın vakti geldi, size şahdamarınızdan daha yakınım diyen Allah'ı sevmenin, O'nun için yaşamanın vakti geldi.

Aşk bir davadır kesin delil gerektirir. Aşkımızı ispat etmenin, asıl sevgiliyi sevmenin vakti geldi. Seveceksen bu hislere sahip kızı/erkeği sev kardeşim. Seveceksen senden önce Allah'ı sevmiş kızı/erkeği sev. Seveceksen beli bükülse de, dişi dökülse de, saçı ağarsa da gönlüne güzel gelecek kızı/erkeği sev sevgili dost.

Hayatın yanlış tarafında olacağına yalnız tarafında ol. Unutma bu dünya yolculuğunda hiçbir yanlış otobüsü seni doğru bir geleceğe götürmez. Yani asıl "Sevmek günahtır" demek büyük günahtır. Yaratılmış en güzeli inkâr etmektir. Günah olan sevmek değil, yanlış sevmektir ki zaten yanlış yaptığın her şey günahtır. Aşk yaratılmış en güzel şey, ama âşık oldum diye heva hevesinin seni kontrol etmesine izin verme. Kimseyi de çok sevme sevgili dost ama çok güzel sev.

Kafası Dalgın Bir Çocuğun Şehir Anıları

İstanbul trafiği. Ruhsuz yüksek beton binalar. İnsanlar yediklerinin kalorisi kadar haramını helalini hesaplamıyor. Nefes alınıyor ya, yaşamak sayılıyor. Dualarında aramadığın yârin koca şehrin sokaklarında karşına çıkmasını beklemeyeceksin. Ezanına gitmediğin Hakk'ın gönlüne sevda düşürmesini beklemeyeceksin.

Bu büyükşehirlerde duygularıyla oynamadığın, kırmak istemediğin insanlar seni saf sanıyor. Sen ise Allah'tan korkarsın, bilmezler. Halbuki böyle mi olmalıydı? Bir şehir sevda kokmalıydı. Alabildiğine yeşilliklerde tek katlı ahşap evler istemiştik biz. Her şey doğal. Yüzlerde oluşan çizgiler bile sadeliğin, içtenliğin izleri olmalıydı. Dağlarında delice koştuğumuz o yeşil, o eşsiz topraktan sevda yolları. Aniden aşkı anlatırcasına yağan yağmurlar.

Reklamlarda gördüğü şeyleri almak için istemediği işlerde çalışan bir güruh dünyası. Ve böyle insanlara sükût en büyük duadır. Üç kuruş emekli maaşı alacağım diye 70. yaşını bekleyen insanlar tanıdım. Vallahi dünyadaki en mantıklı şey seni sevmekti ve ben de bunu yapıyordum. Seni sevmek derken yolumu sevmek. İhtiyacım olan tek şey yolumdu çünkü.

Hak muhabbeti edemedikten, ona yaklaşamadıktan sonra iyi bir maaş mı mutlu edecekti beni? Ve eğer istediğim şey buysa, muhabbetse o halde gerekeni yapmalıydım. Beni muhabbete yaklaştırana gitmeliydim. Şelalenin yanına koyduğunuz testi dolmaz. 40 yıl bekleseniz yine dolmaz. Altına koymanız gerekiyor. İnsanlar da neye inanıyorlarsa onu yapmalıydılar.

Bütün zevkler, keyifler geçiciydi ve zamana, yere göre değişiyordu. Ve bu, o kadar belli, göz önündeydi ki; sürekli gülen, gamsız, mutlu, dertsiz insanları anlamıyordum. Bile bile sonlu, sınırlı, geçici, kendilerini hakikatten uzaklaştıran reklamlarda gördükleri her şeyi seviyorlardı. Allah'a inanıyorlar ama televizyonların dediklerini yapıyorlardı. Anlamıyordum.

Oysaki öyle miydi hakikat? Ölümlüyü seversen, sevgin de ölmez miydi? Sınırlıyı seversen sevgin de sınırlı kalmaz mıydı? Kalırdı. Ancak ölümsüzü seversen sevgin ölümsüz olurdu. Ancak sonsuzu seversen aldığın tattan bıkmaz ve tattıkça daha da lezzetlenirdi muhabbet. Hak muhabbeti öyledir. Yürüdükçe yürüyesinin geldiği tek varlık O'dur. Konuştukça konuşasının geldiği, dinledikçe dinleyesinin geldiği...

Yalnızlığı sevdirir insana. Hem yalnızlık nedir ki? Reklamlarda gördüğü şeyleri almaya çalışarak bir ömür geçiren insanların yanında olmaması mı? Hakikat arayışında olan tek bir genç mi yalnızdır, yoksa yan yana alışveriş yapıp, dizi izleyen bu milyarlık büyükşehirler mi?

Peki, iki ölümlü bir olur, aradan birbirlerini çıkarırsa ne olur? Yani iki kişi ihlas ile birbirini severse ne olur? İşte bu *aşk* olur.

İkiliğin ortadan kalkıp teklik olma durumu bu dünyada tenezzül edebileceğim tek lezzetti. Ve ben de seninle bunu tatmıştım. Başka ne diye başımı kaldırayım da bir şey arayayım?

Su ve Çiçek

Günün birinde bir çiçek ile su karşılaşır ve arkadaş olurlar. İlk dönemlerde güzel bir arkadaşlık olarak devam eder birliktelikleri, tabii zaman lazımdır birbirlerini tanımak için. Gel zaman git zaman çiçek o kadar mutlu olur ki, mutluluktan içi içine sığmaz artık ve anlar ki suya âşık olmuştur.

İlk kez âşık olan çiçek, etrafa kokular saçar, "Sırf senin hatırın için ey su..." diye. Öyle zaman gelir ki, artık su da içinde çiçeğe karşı bir şeyler hissetmeye başlamıştır. Zanneder ki çiçeğe âşıktır ama su da ilk defa âşık olduğunu hissetmiştir.

Günler ve aylar birbirini kovalar ve çiçek "Acaba su beni seviyor mu?" diye düşünmeye başlar. Çünkü su, pek ilgilenmez çiçekle... Halbuki çiçek, alışkın değildir böyle bir sevgiye ve dayanamaz. Çiçek suya "Seni seviyorum..." der. Su, "Ben de seni seviyorum..." der. Aradan zaman geçer ve çiçek yine "Seni seviyorum..." der. Su yine "Ben de..." der. Çiçek, sabırlıdır. Bekler, bekler, bekler...

Artık öyle bir duruma gelir ki, çiçek koku saçamaz etrafa ve son kez suya "Seni seviyorum..." der. Su da ona "Söyledim ya ben de seni seviyorum..." der ve gün gelir çiçek yataklara düşer.

Hastalanmıştır çiçek artık. Rengi solmuş, çehresi sararmıştır çiçeğin. Yataklardadır artık çiçek. Su da başında bekler çiçeğin, yardımcı olmak için sevdiğine. Bellidir ki artık çiçek ölecektir ve son kez zorlukla başını döndürerek çiçek, suya der ki: "Seni ben, gerçekten seviyorum..."

Çok hüzünlenir su bu durum karşısında ve son çare olarak bir doktor çağırır nedir sorun diye. Doktor gelir ve muayene eder çiçeği. Sonra şöyle der doktor: "Hastanın durumu ümitsiz, artık elimizden bir şey gelmez."

Su merak eder sevgilisinin ölümüne sebep olan hastalık nedir diye ve sorar doktora. Doktor, şöyle bir bakar suya ve der ki: "Çiçeğin bir hastalığı yok. Bu çiçek sadece susuz kalmış, ölümü onun için..." der.

Ve anlamıştır artık su, sevgiliye sadece "Seni seviyorum..." demek yetmemektedir.

Kuyuya Düşen Adam

Günün birinde bir adam ormanda yürürken karşısına öfkeli bir aslan çıkar ve ondan kaçarken kuru bir kuyuya düşer. Aşağıya baktığında kuyunun dibinde ağzını açmış kendisini yutmaya hazırlanan bir ejderha görür ve son anda yarıktan çıkmış bir ağaç dalına tutunur ve düşmekten kurtulur. Ellerinde gitgide güç kalmamaktadır. Yukarıda kendisini bekleyen bir aslan, aşağıda düşmesini bekleyen bir ejderha vardır. Derken iki fare görür; biri siyah, biri beyaz. Fareler sürekli olarak onun tuttuğu dalın üzerinde gezinmekte ve dalı kemirmektedirler! Az sonra dal kopacak ve adam ejderhanın ağzının içine düşecektir! Adam dalın yapraklarında birkaç damla bal görür, bal damlalarına diliyle uzanır ve onları yalamayı başlar. Ancak hiçbir tat alamaz. Beyaz ve siyah fareler, gece gündüz tutunduğu dalı kemirmektedir. Aslan yukarıda ejderha aşağıda kendisini öldürmeyi beklediği için adam baldan tat almamıştır.

Bir insan nasıl olur da baldan tat almaz? Almamıştır; çünkü bir derdi, meselesi vardır. Derdi olan insan baldan tat alabilir mi? Dünyadaki geçici zevklere kapılıp, ömrünü harcayabilir mi?

Sadece 70 yıllık emanet sonrasında Hakk'a kavuşacağını bilen insan, nasıl olur da bala dilini uzatır? Nasıl olur da keyfe meyleder?

Peki ya bu kör bir adam olsaydı? Fareleri, aslanı ve ejderhayı görmeseydi, yediği baldan tat alacak mıydı? Evet. Çünkü derdi olmayacaktı. Korktuğu, düşündüğü bir mesele olmayacaktı.

İşte derdi meselesi olmayan kişi buna benzer. Gaflettedir, sonu yakındır ama derdi olmadığı için gözleri kapalıdır, sonunu bilmez ve dünyanın beşeri tatlarından keyif alır. Eline gelene sevinir, gidene üzülür. Sürekli sağa sola savrulur durur. Kişinin değeri, anlamı kadardır. Kişinin anlamını, onun manası belirler. Mana yoksa, anlam da olmaz. Kişinin manası, davası kadardır. Kişi ancak davası kadar mana taşır. Davamızı nasıl öğreniriz? Kişinin davası ancak derdidir. Neyi dert edindiysen, davan da o olur. Peki, bir insanın derdi nasıl anlaşılır? En çok neyi konuşuyorsa, derdi de odur.

Bu hikâyeyi bana O anlatmıştı. İnsanlar O'nun gözlerine vurulduğumu söylerler, hayır ben beni uyandıranın gözlerine vurulmuştum. İnsanlar ne dinlediler ne de gördüler...

Gece

Uyuyup uyanırsın... Sol yanın yoklaması tutmuştur gene! Özlem, sevda, hüzün, sabır, dua... Buradadır hepsi! Ve nice sevmelere dahil kelime varsa, teker teker yüreğin geçit törenindedirler. Gecelerime, gündüzlerime karışan bu sevgi; sol yanıma rızık olmuştur. Şükür vardır ardında...

Kelamlardan öte, birkaç damla gözyaşı bırakır kendini gecenin karanlığına. Bu damlalar küçük de olsa, kaybolmayı, "hiç" olmayı göze almışçasına senin denizine ulaşıp, karışmak için sıraya girmiştir. Benim şehrimin denizi yoktur. En önemlisi... "Sen!"

Bana senin olduğun şehir lazım. Ötesi yok! Çöl de olsa şehrin, ben yüreğinin denizine hasretim. Uyku düşmeyince nasibe, özlemek hükmünü keser gecenin...

Senin şehrinde yağmur olsam, senin şehrinde münzevi... Sabah çıksak sokaklara, Balat'ın demir kapısını yumruklasak. Arnavutkaldırımı yollarında iz bıraksak, akşamdan kalma martıların çığlıklarında duysak gökyüzünün sesini. Vursak kendimizi yokuşlardan, yüreği taze genç çocukların bakışlarında görsek sevdamızı. Hayranlıklarını, bize bakışlarını görsek ve gülümsesek. Daha çok sarılsak birliğimize, inancımız katmerlense, birbirimize ve aşka dair... Sahile varınca uzansak denizin kokusuna, sarıp sarmalasa ruhumuzu ve bıraksak hüzne dair ne varsa oracığa, dalgalar alıp götürse. Şimdi o kokuya hasretim, kaldırım taşlarını yalnız adımlıyorum. Birazdan bir sahil boyu çıkacak karşıma, birazdan. Bir yağmur kopup geliyor, hasretine yağmurun soğukluğu ekleniyor. Uykusuz bir gecenin sabahına yürüyorum.

Çöl Yağmuru

En çok yağmurun özlemle beklediği yerdir çöl ki ben de seni öyle bekliyorum. Ondan sana çöl yağmurum diyorum.

Gözyaşları gözümü özümü süzerek akıyor yanışımla. O yanışlardan sonra bir hikmet yağmuruna karışıp serinliyorum. Adın bir inşirah duasının sonunda saklı hep bende. Aşk imandan geçer. Birini sevmek değil bu. Daha ötesi. Aklımı bırakıyorum seninle olan her şeyin dışına. Akıl sırrı değil bu halim. Kalp sırrım. Aşk sırrım. Ruhun istidadının Allah olmasının gerekçesi.

Ah yüreğimin güzel efendisi. Gözümü bir sende açtım. Kadın bir kere görür ve gördüğü, ruhunun sevdiği olur. Sevdiğini iki cihana taşımak için. Ben sana öyle bir açtım ki yüreğimi, artık sadece senin devamın olan seni devam ettiren bir ruh.

Unutma ateşimiz sevda, dermanımız Hak.

Çocuk bir yürekle öyle güzeldi ki her şey. Yaşımızın hükmü yoktu. Muhabbete, Allah karışınca tatlanır tüm zehirler...

Biliyorum ölüm de bir düğündür. Ölüm asıl düğündür. Güzel hazırlanmak gerek. Önce en büyük aşka, yola. Kızmıyorum kimseye. Sadece incinmişliğim çok yakıyor. Adını koyamasam da sensizlik bana ağır geliyor.

Kelamlarıma kimseyi değdirmek değil niyetim. Bir seni değdireyim her kelimeye. Hasreti sanki sığdırabilecekmişim gibi. Vuslatı kelime kelime dokuyabilecekmişim gibi. Dua dua seni diledim. Bilmezdim bir ateşin yüreğimi dumansız yakacağını.

Yoluna tevekkülü sığdır. Tevekkülsüz aşk olmuyor. Aşk zaten imanın gerçeği.

Varlığın hükmü yoktur bilirim. Bir senin izini taşıyorum dünyada. Sen benim yaramsın da dermanımsın da. Ben sabrı öğrendim. Yeniden yanıp yeniden küllerinden bir sevdada yanmak için. Ve bu sevda yanışımla bir kat daha sevebilmek için.

Aşktan nasibini almak da bir lütuftur. Gönlümüzün lütfunda bir Allah aşkını merkez bilip yanmak duasıyla. Duam bulsun seni.

Özledim

Şehrin ortasında kusursuz bir köy filminden çıkmış gibiydi odam. Seni unutturabilecek ne sokabilirdim odama? Hepsi senli günleri hatırlatıp duruyor işte. Zaten kapılarının önündeki yeşillik ayaklarını çamur yapıyor diye üzerini betonla kaplamış insanların yaşadığı bir şehirde, seni özlemekten başka ne yapılabilirdi ki? Güneşin ne taraftan doğduğundan habersizdi şehrimdeki insanlar.

O kadar torunun arasında, dedemden kalma hemen her şeyi ben almıştım. Eski radyo deyince herkesin gözünde canlanan o koca ahşap kutuyu da büyük çalışma masama koymuştum. Bazen gece, İstanbul'la birlikte içimi de örttüğü vakitlerde indirirdim şalterleri, yakardım dedemin gaz lambasını ve öyle bir yazardım ki seni. Her gecem bir roman, her gecem başka bir hikâye, her gecemde başka bir dünya çizer, baş karakterlere seninle beni yazardım. Görürdüm seni. Baktırırdım seni bana. Seni benden ayıran kimseyi yazmazdım kâğıda, ne güzel yaşardık.

Bir renk tanımı yapardım gözlerine bakarken, kapkara kalem yeşil yazmaya başlardı...

Her sabah, pencerenizi açtığınızda sokaklar canlanmadan hemen öncesi bir koku vardır. İşte o koku geceye sevdasını işleyen bir dervişin sevdasının izidir. Dervişin sevdası geceye işlenmiş, gece o sevdayı kaldıramamış ve gündüzü ağartmıştır. Derdiyle geceyi bitiren derviş, yâre hasret kalemini eline alır ve rüyalarından kalan o gül kokulu kâğıtları yakmaya başlar.

Kâğıt yanar, derviş yanar, şiirler yanar...

İşte bu çocuk yüreğime işlenen, en büyük sevda kafiyesinin adıydı Elif. Bir ayrılığın ardından önce sabrı, sonra vuslatı çağırmak ama ikisinin de gelmeyişine eyvallah deyip yanmaktı Elif Gibi Sevmek. Gözyaşlarının şiire dönüştüğü hali, halim sanmayın, bana yakın duvarlara sorun yanışlarımı. Yana yana yanması kalmayışları. Sevda ateşinin derecesini gözlerimden gören gecelere sorun beni. Usul usul küller birleşiyor bir Elif kafiyesi siluetinde. Bakan değil, okuyan değil, dinleyen değil; aşkın içinde gözlerini, hislerini, beşeriyetini feda eden olmuştum Elif'in yokluğunda. Ve kitap olmuştu yazdıklarım Elif'e...

Aşk-ı Tevekkül

Babamdan öğrenmiştim, bismillah deyip başlıyorum her şeye. Seni sevmeye de. Dilimin ilk hecesi de, son hecesi de sensin. Bir dua iliştiriyorum tüm acıyan yanlarıma. Öyle bir dua ki, önce yokluğundan başlıyor, sonra aşka bulanıyor. Sarınıyorum aşk yükünü ve ancak tevekkül edebiliyorum...

Bir huzur bulsun istiyorum artık kanayan yanlarım. Hüzünden geçip, dilimden öte kalbime bağışlasın istiyorum en güzel aşkı. Artık söylemek ve yazmak değil, sana kavuşmak istiyorum. Vakti ne zaman son olacağını bilmediğim ömrümde, uzun gibi görünen her şeye inat ben tevekküle bırakıyorum seni sevmelerimi...

Acımın kızıla boyadığı gökyüzünde, âciz tüm yanlarımı katıp bir umut kapısının önünde istiyorum ki yeni bir ışık doğsun geceme. Suskunluğumun adı sen olsun. Aşk-ı Tevekkül olsun. Kuşansın ruh bu dünyada en dayanıklı giysiye. Kuşansın işte *"Rabb'inin kuluna kâfi"* olduğu o ayete.

Bir tevekkül iliştir ey Rabbim gönlüme. Gönlümdeki dalgaları hırçınlaştıran, geceyi bir kat daha siyaha boyayan kayıplarıma, yanışlarıma, susuşlarıma.

Bir tevekkül bağışla Rabbim nefsimi perde yapan o tüm dünyevi yanlarıma. Titriyor yüreğim, gözlerim âlemi bulanık görüyor, nefesimse boğazıma sevda düğümlü. Yutkunamıyorum artık. Geçsin boğazımdaki düğüm yüreğime, iki âlem bir tek sevda düğümüne. Kalksın aradan perdeler. Gözlerimin yaşı yüreğimi temizlesin, güzel bir niyetle güzel bir yola çıkarsın. Kalksın kalbe karartı olan o perdeler. Gerçek sevdam neyse o gözüksün.

Uzakları yakın eden dualarıma biraz daha sabır karışsın. Elif'in yanında değil diyenlere, unut bu sevda da geçer diyenlere, *varlıktan öte yoklukların yakınlığının huzurunun sadece inanmak olduğunu* göstereyim. Allahım diyorum içimden, senin için sevenlere, sevmeyi kalbine şifa bilenlere Aşk-ı Tevekkül nasip et. Artık hakkıyla sevmeyi öğrensin insanlar. Sevdalar yol, yollar bir sana olsun.

Tüm âciz yanlarımla, boynum bükük, gözlerim nemli, bedenim ağır, yüreğimse zaten dumansız bir yanış halimle, Rabbim senin aşkını senden istiyorum. Sonra yolunda yürüteceğin bu âciz gencin yanına yoldaş vereceksen yine seni seveni ver diyorum. Sol yanımı senden uzaklara emanet edemem.

Seni emanetleri kaybolmayan en güzele emanet ediyorum. Nasip ol diyorum, yüreğimin imtihanımdan Rabb'ime sığınıyorum. Şehirler uzak yanım olsa da, nefesin uzak yanım olsa da ben duan kadar yakınım, biliyorum. Sonrası mı? Sensiz kalan ruhuma bir tevekkül serinliği! Aşk-ı Tevekkül ediyorum...

Dalgaların Sesi Elif Diyor

Sahur vakti Boğaz'da tek başımayım
mevsimini terk etmiş bir kar yağıyor sanki yüreğime
soğuktan donacak gibiyim.
Bir ritim var beni ayakta tutan
gözlerimi kapatıyorum
dalgaların zikri şiir yazıyor Boğaz'da.
Her ses yürek süzgecinden geçince "Yâr" olur.
Denizin dalgası Elif der mi hiç?
Duyduğuma yemin ederim...

İstanbul'da ramazan vakti... Şehre inen kış soğuğunu insanlar dualarıyla ısıtıyorlar. Kalplerde birlik duaları, dudaklarda Allah lafzı. Dalgalar vuruyor gönlümün kıyılarına... Seslerin hepsi aynı yere varıyor, hepsi ismini söylüyor. Kalp sırrı, sevda sırrına karışıp bir oluyor. Sevdiğin bedenden çıkıp yolun oluyor. Nereye mi gider yol? Allah için sevmelerin yolu Allah'a çıkıyor...

Ben Sen'im

Birisi geldi, bir dostun, bir sevgilinin kapısını çaldı. Sevgilisi içerden "Ey güvenilir kişi, kimsin?" diye seslendi. Kapıyı çalan "Benim..." deyince, sevgilisi "Git..." dedi. "Senin için içeri girme zamanı değildir. Böyle bir manevi nimetler sofrasında ham kişinin yeri yoktur."

Ham kişiyi, ayrılık ve firak ateşinden başka ne pişirebilir? Nifaktan, ikiyüzlülükten onu ne kurtarabilir? O zavallı adam kapıdan döndü, tam bir yıl yollara düştü, sevgilisinin ayrılığı ile yandı, yakıldı. O yanık âşık, ayrılık ateşi ile pişerek döndü geldi, dostun evi etrafında yine dolaşmaya başladı. Ağzından sevgiliyi incitecek bir söz çıkmasın diye, yüzlerce korku ile yüzlerce defa edebi gözeterek kapının halkasını vurdu.

Sevgilisi içerden "Kapıyı çalan kimdir?" diye bağırdı. Adam "Ey gönlümü almış olan! Kapıdaki de sensin..." cevabını verdi.

Sevgilisi, "Mademki şimdi sen bensin. Ey ben olan, benden ibaret olan, içeri gir. Bu ev dardır. Bu evde iki beni alacak yer yoktur..." dedi. "İğneden geçirilecek iplik, iki ayrı iplik olursa, ucu çatallaşır da iğneden geçmez. Mademki sen tek katsın, birsin, gel bu iğneden geç."

Fani bir varlık kendisini baki bir varlığa teslim edince o da baki ve ölümsüz olur.

Öylece

Ne güzel de çökmüştü gece
öylece, hafif, anlattıkları ise ağır bir serinlikte.
Kelimeler kâğıda dökülürken
insanın duadan başka şansı kalmıyordu.

Elleri yüzleri şifa arayan insanlar doldurmuştu avluyu...
Çaylar da gelmişti
gönüller secdede demini alınca da çaya tat gelmişti
kelam Allah'a varınca, sohbetlere de şükür gelmez mi?

Şükrüm senden de geçiyordu yâr
en çok da senden...
Yolumu aydınlatan
kalbime huzur veren senden...
İlk kez sen düşürdün bu ışığı içime
sen doğdun ya içime, sabahlarım iki kez aydınlık artık...

Başımı kaldırsam yanımda sen vardın...
Hafif serin rüzgâr
gönül ocağında demli yürekler...
Yutkunduğum bir sen vardın.
Ama bir türlü geçemediğim...
Geçmek de istemediğim...

Arayan mı bulur adayan mı? Hesaplayan mı kavuşur aşka yoksa ya nasip diyen mi? Nasip oldu aşkına düştüm.

Sevdiğim

Gözlerimde bir kırgınlık var
senin olmadığın her yerde bir eksiklik
yağmurun sözünü tamamlamasını bekliyorum
kapımın önünde bir çiçek açacaktı
yaprağında adın...

Söyle sevdiğim kaç yağmur daha bekleyeceğim
bilse bu sevda şehri geleceğin vakti
gökten İstanbul yağacak biliyorum.

Adımı söylese yeter dediğim kadın
gözlerime bir kez daha baksa ölmem dediğim kadın.
Bana hayatı okumayı öğreten
can özüm...
Bu nasıl bir sevda, nasıl bir tanım
nereye kadar taşıyacağım bu manayı
yazdıklarıma bak, kokusundan anlayacaksın
yanmak, kül olmak üzereyim.

Kanatlarımı açtım gayretimle, aşkına uçtum. Gönlümün kabuğunda sarıp işledim de incimi ortaya çıkardım. Gayretimin adı aşk oldu...

İranlı bir şair demiş ki: "Aşk'a uçarsan kanadın yanar."

Mevlana diyor ki: "Aşk'a uçamazsan kanat neye yarar?"

Bir Hayaliniz Varsa

Bu sayfayı sizi ilham verebileceğini düşündüğüm bir gence ayırdım. İsmi Jacob Barnett, hikâyesi ise şöyle:

Kayıt yaptırmak için okula giden Jacob'ın ailesi görüşmeler sonunda oğullarının öğrenme güçlüğü çektiğini öğrendiler. Doktorlarla yapılan görüşmeden sonra annesine Jacob'ın sadece ayakkabılarını bağlamak gibi basit işleri öğrenebileceği söylendi. Fakat eve dönüş sırasında annesi ilginç bir şeyi fark etti; Jacob yol boyunca geçtikleri bütün sokakların ismini ezberlemişti.

Ezber yeteneğinin üst düzeyde olduğunu keşfeden Jacob, iki hafta gibi kısa bir sürede bütün lise müfredatını bitirip üniversiteye başvurdu. IQ'su 170 olan Jacob, kendi kendine kalkülüs, geometri ve trigonometri öğrendi. Üstelik bunların hepsini öğrenmesi sadece bir hafta sürdü. 14 yaşında üniversiteyi bitirip 15 yaşında mastır tezini verdi. Jacob Barnett bugünlerde kuantum fiziği üzerine dersler verip araştırmalar yapıyor, hedefi ise Nobel ödülü almak. Yaptığı TED konuşmasına ise bağcıksız bir terlikle çıkarak tüm bu yaşadıklarını özetlemiştir adeta.

Eğer insanların ona baskıladığı kısıtlamalara uysaydı şu an ayakkabılarını bağlamayı öğrenmeye çalışan biri olurdu. O ise şu an Nobel ödülü peşinde ve bunu başardığı gün muhtemelen kendisini hiç anlamamış ve aşağılamış insanların alkışları arasından gülerek geçecek...

Otistik bir dâhi olmayabilirsiniz ama hayatınızın sizi durdurmaya çalışan, çapı sizi anlamaya yetmeyen insanlarla çevrili olduğuna bahse girerim. Kimseyi dinlemeyin, bir hayaliniz varsa gidin ve onu alın.

Benden İçeri

Yanışım...
Biz ayrı değiliz ki
uzak kelimesi sadece aklıyla sevenler içindir.
Benim gönlüme sen düştün düşeli
ne uzağım var
ne sensiz bir yanım...

O yok diyorlar, burada değil, o sana yasaklı...
Var var diyorum hem de öyle bir varsın ki
benlik yok, sen bensin.
Her hücremde dolaşan senken
her kelimem seninle başlayıp, seninle biterken
gördüğüm her deniz yeşile çalarken
geceleri hasret gözüme vururken
yağmurlar bile seni fısıldarken
nasıl derim sen yoksun diye
nasıl derim uzakta diye?
Onunla yanıp, yine onunla sönerim
benden öte, benden içeri o var derim...

Seven uzağı yakın eder. Sevilen kalpteyse yakın uzak değildir. Sevenin gönlüne girdiysen zaten her yerdesin. Duam kabul oldu şükür. Gönlümde aşk kokusu.

Eylül

Eylül
mevsimlik bir işçi gibi
bir bardak çayla, aşka çalışan...
Bu aşkla gözleri parlayan küçük bir çocuk hali
yürekte kıpırtısı eksik olamayan
düşmeleri, kalkmaları hep bu aşka olan...
Bazen de merhametin merheminden sürülen
şefkatli bir baba
Öylece saran sevdiğini...
Bu yüzdendir içimde hep bir eylül hikâyesi
başı olup sonu olmayan...
Yazıldıkça kendi içinde yeniden can bulan
canım olan...

Ve eylül, özlemlerim!
En keskin virajı aldığında
ne denli özlediysek deniz kokusunu
onlarca şehir ötesine düşen
yağmur kokusunu getiriyor bana.
Eylül geliyor
şükre götürüyor...

Hüzün en çok Eylül'e yakışır... Kuytusunda hüznü taşıdığından hazan derler sonbahara. Tüm yarım kalmışlıkların hatıra dolduğu, kuru yapraklar gibi uçuştuğu günlerdeyim. Üşüyen ellerim sıcak çayın buğusuna emanet. Hikâyelerimse sana...

Uzaktan Sevmeler

Bir kadın seversin...
Bakışları ağustostan daha sıcak olan.
Öyle bir yakmıştır ki gözlerini
başkasına baksan ölür gözlerin...

Sonra sevdiğin kadınla aranıza yollar girer.
Mesafeler girer. İnsanlar girer.

Sizi ayıranlar sanır ki unutacaklar.
Hangi şehir o kadar büyük
o kadar mesafe yaratılmış mıdır dünyada?
Seven kalp için mesafe mi vardır?
Âşığın gözlerinin hükmü yoktur sevdiğini görmesi için.

Kalp saklı bir sırdır.
Sevdikçe keşfedersin, zamandan soyuttur.
Mesafe tanımaz.

Gözlerini kapattığında ya da açtığında, yanındasındır sevdiğinin. Çok uzaklara bakman gerekmez, kalbinin içine gönül gözüyle bir bakman yeterli. İnsanın solu, yâri kokarmış. Allah için sevenlerin solu, sağından aydınlıkmış. O zaman işte kalp sırrı, sevda sırrına karışır bir olurlar. Sevdiğin bedenden çıkar yolun olur. Nereye mi gider yol? Allah için sevmelerin yolu Allah'a çıkar.

Kusursuz Olan

Masamı, notlarımı toparlayıp, son kez çayımı yudumladım. Dünya telaşına karışma vakti. Kravatları sıkmak gerek. Bu modern zaman köleliği. Bir bilsen ne kadar yorgun düşüyorum. İnsan karnını doyurmaktan geçiyor. Bir hırs deryası. Şairin dediği kurtlar sofrası. Kim daha çok nasıl kazanırım derdinde, karınlar şiş, akıllar nefsin kölesi. İnsanların tek derdi milyonlarca evin olduğu bu dünyada, "Bir evim olur mu acaba?" Tek zekâ örneğinin daha çok kazanan olduğu bir nesil. Öyle bir zaman ki zincirler ahir zamandan kopuyor sanki kıyamete.

Müslüman dünyası kanıyor sessiz çığlıklarla. Gözler kör, diller lal olmuş bu vahşeti figana. Hepimiz elimden gelse diyoruz. Diyoruz ya elimizden gelsin diye ne yapıyoruz orası muamma. Bir çocuğun şekeri toprağa düştü diye ağlaması gerekirken, ölen anne babasına, minicik vücudundan kopan koluna veya bacağına ağlıyor. Bir anne, çocuğu sokakta oyuna daldı diye merak etmesi gerekirken, kurşunlar yavrumu da vurur mu ki diye düşünüyor.

Bir baba ki çocuğunun ölüsünü kucağına almak zorunda kalıyor. Ne fragman, ne senaryo. Hepsi acı gerçek. İnsanın en çirkin yüzü, Müslümanlığın hazin sesi... Kalemim bile yazmıyor bunları. Aklım nasıl alsın ki? Kusursuz olan İslam, günümüz Müslümanları gaflette.

Uzaktan Sev

Aşk
ruhun kendi için yaratılmış bir ruha rastlamasıdır.
Ruhun Allah yolunda gerçek varlığına bürünmesidir...

Böyledir sevmek...
Nefis değil nefestir bir insana.
Sevdiğine nasıl baktığına bağlıdır her şey.
Ya çıra gibi yanar yanar durursun
ya da âşık olup sonunda olursun.
Göz görmez de gönül severse
kalp tıkır tıkır sevdiğiyle kavuşmaya ayarlı bir şekilde atar.

Artık baktığın her yer sevdan olur.
Sevdansa baktığın yeri aydınlatan yolun.
Yolun sonuysa Asıl Aşk'a...
Yaradan'a...

"Aşkın imana dönüşecek, uzaktan sevmeye devam et..."

Tevekkül Hali

Anlatabilseydim, önce yağmur ol derdim.

Damla damla inerek, inceden yüreğe dokunman için...

Sonra, belki sabrederdim.

Yağmurda yapılan duaların manasına ermek için!

Ve anlatabilseydim ve anlasaydın eğer sen, ben yağmur bulutlarını yüreğime taşımazdım...

Öyle kafiyelere ihtiyacı yoktu sözcüklerin. Sen yağsaydın, ben güneşli günler ardından yağmur sonrası gökkuşağı gibi renk renk olurdum. Her rengim sevdamın sen haliydi.

Fakat vakit rengini hüzne bıraktı. Hem de ne hüzne. Gözlerime çakılı bir sensizlik hali, yüreğimde yılların eskitemediği ve asla eskitemeyeceği bir tevekkül hali...

Sevilenin elinden sunulan sabrın meyvesi tatlı gelir insana. Bir tespih gibi çekiyorum sabrımı. Hz. Yunus da karnına düştüğü balıktan böyle kurtulmadı mı? Sabır sırat köprüsüdür der Mevlana, cennet de köprünün öte yakasındadır. Ne vakit düşsem aynı darlığa inciden taneleri geçiriyorum parmaklarımın arasından. Sabır diyorum... Sabır...

Bir derviş, Ebu Hüseyin'in şöhretini duyup onu görmek için Talkan şehrinden yola çıkmıştı. Yollara düştü derviş, günlerce gecelerce yürüdü. Dağları aştı, ovaları geçti. Sonunda şeyhin evini bulup kapısını çaldı. Şeyhin karısı açtı kapıyı, "Ne istiyorsun?" diye sordu dervişe. Derviş "Allah'ın dostu şeyhi arıyorum, onu görmek için ta Talkan şehrinden yürüdüm geldim" dedi. Bunun üstüne şeyhin karısı, "Şu ağarmış sakalına bak, işin gücün bitti de nafile bir çabayla yollara mı düştün? Zamanını ne diye beyhude şeylere harcarsın? Hiç mi aklın yok? Bir ahmak için bunca zahmete değer mi?" diyerek dervişe hakaretler yağdırdı. Dervişleri kadının sözlerini sabırla dinledi.

Bunca kötü söze rağmen gözünde yaşla "Söyle bana o yüce insan nerede?" dedi. Kadın bunun üzerine hakaretlerine devam etti. Derviş sessizce ayrıldı kapıdan. Şehri dolaşıp sorup soruşturmaya devam etti. Bir yandan da kendi kendine soruyordu "Bu denli yüce bir insan nasıl olur da böyle yılan dilli, kötü bir kadını evinde tutar?" diye. Derviş düşünceler içinde dolanırken aradığı şeyhi kükreyen bir aslana binmiş halde karşısında buldu. Elinde tuttuğu kamçı da kocaman bir yılandı. Şeyh adeta dervişin soru soran gözlerini okudu ve ona şöyle dedi:

"Ben o kadına sabırla katlanarak yükünü çekiyorum, o yüzden bu aslan da itiraz etmeden benim yükümü çekiyor."

Seni Yazacağım Bana

Nasıl okursan oku, bana çıkacak yollar yazıyorum sana. Belki beyaz bir kış akşamı yakışacaksın yollara, belki de İstanbul beyaz bir kış akşamını bekliyor seni bana vermek için.

Gitmeni öyle sevmedim ki ben, geleceğin günü
yazıp yazıp duruyorum.
Beyaz bir kış gününü yakıştırıyorum gelmene.
Gelinlik serilsin ayaklarına
gelinlik yalnız benim yanımda yakışırdı sana.
Geldiğinde baştan aşağı sen kesilmiş
beni bulacaksın karşında.

Ve yazdığım hikâye ikimizin. Bu kitap ikimizin. Yazarı bensem, yazdıranı sensin. Hiçbir zaman gücümün yetmediği o mutlu sonu, geldiğinde gözlerine bakarken yazacağım.

Öyle yazacağım işte
adından öte tüm harfleri devireceğim
öyle güzel bir dua sayacak ki Allah
kimseler ayıramayacak bu sefer bizi.

Yazılmış bütün kitaplardaki ayrılık kelimelerinin üzerini çizip, üzerlerine senin ve benim ismimi yazacağım. Kelimelerin gülümsemesine şahit olacak insanlar...

Öyle yazacağım işte.
Başka hiçbir kelimeye ihtiyaç kalmayacak
yanına varmış olacağım.
Ve ben böyle saf duygularla yaza yaza seni
belki Hak da bir gün murat eder ve cennete yazar adımızı...

Yazanda mı yazdıranda mıdır marifet? Eğer yazan ben yazdıran da sensen, yazılan biziz öyleyse. Ne der şair: "El gizlidir, ancak yazı yazan kalemi gör..."

Gönül Rızkı

Bir kadın...
Önce şiir olur dokunur yüreğine
bakışın değişir, ruhun istidadı değişir.
Şiir yazmak değil "şiir yaşamak" istersin.
Bu ne dil işidir ne de akıl işi.
Kâr etmez yüreğine tembihlemelerin
soluksuz kalırsın!

Saç tellerine kadar kırılabilen bir kadını seversen eğer
güzel günlere beklettiğin dualarını edeceksin ona...
Yağmurla, rüzgârla ve doğan güneşle...
Gece örtülen karanlıkla bile ismini duadan öteye
bırakamazsın...
İyi olsun...
Şükür olsun deyip
razı olursun sadece bir kadını koymaya yüreğine.
Bir kadın olsun dersin
ana olsun...
Gözleri gülsün
cennete ilk adım
iki cihan
bir gönül rızkın hep "o" olsun istersin...

Öyle Yakışırdın ki

Bir kere de kaldırdığımda kâğıtlardan başımı
seni görsem
adını yazdığım duvarlar bile öyle huzur öyle nahif
biraz Hikmet'ti bu sevda, biraz da Elif...

Bir kez seninle gün aysa
gözlerim seninle aralansa
seni düşünmeyi hiçbir şeye değişmem ama
öyle yakışırdın ki gözlerimi açtığım sabahlarıma...

Yirmi günlük bir kedinin su içişi
yağmurdan sonraki o toprak kokusu
hepsi cennetten değil mi
Hikmet'in yanında da Elif'i...

Özleyenlerin ve özlenenlerin duaları bir Elif miktarı kabul olsa, uzaklar yakın olsa, Rabbim tüm sevenleri kavuştursa...

Arda Kalan

Varlık kendini yoklukla gösterir derlerdi de anlamazdım. Yoklukmuş meğer yokları var eden. Hayatımızda elimizdekilerin kıymetini de ancak bizden gittiğinde anlarız. Hastalıktır sağlıklı bir bedene sahip olmanın şükrünü veren, huzurdur kâbus dolu gecelerin ardından ne demek olduğunu hatırlatan. Gecedir gündüzü yaratan, karanlıktır ışığı doğuran. Sensin bana benliğimi hatırlatan. Hem de bunu en acıtan haliyle, yokluğunla yapan...

Şiir bazen bir bilet alıp sevgiliye gitmektir
öyle ucu kıvrılmış bir şiir
"can" kenarı yolculuklara çıkarır seni...
Bulut olur, yağmur olur, yağar inceden mısralarıma...
Bir türkü gibi efkâra durur
bir çayın deminde zamana vurulur...
Boğazında sevdiğine düğümlü cümleler görürsün...
... ve bir bilet gibi şiirin de ucu yırtılır
tek sefer yazılıp orada kalan.
Hep arda kalan...

Adam

Bir adam vardı. Bir gün denizlerin en derin noktalarını içinde saklayan yeşilin koyu bir tonuna baktı, baktıkça içinde kaybolmuş, baktıkça aldığı nefesten olmuştu...

Atladı denize adam. Yüzme biliyordu ama yüzmedi.

Zaten sevmek geçmekti
maldan
candan
kendinden...
Sonrası gözlerinden ince yağmurlar dökülüverdi.
Ve fısıltılar, buğulu kalbe duyururcasına
"Öyle sevdim ki ne tene değdirdim bu sevdayı ne de akla...
Sadece yüreğimden dualarla göklere saldım bir kuş misali"
dedi ve birkaç yudum çay daha aldı...
Denizler dem tuttu.
Çay dalgalandı...
Var olan her şey sevdaya karıştı!

Saat kaç olmuş, zamanın hangi yakasındayım bilmiyorum. Önümde kâğıtlar yığılmış, ne anlatmışım bunca satırlarda? Tatlı bir yorgunluk değil hissettiğim, olsa olsa nefes nefese kalana kadar kulaç atmak bir denizde. Gözlerim kapanıyor, kendimi o denize bırakıyorum. İşte yine o yeşilin tonundayım. Çırpınmak yok bu sefer, kendimi suya bırakıyorum. Altımdan balıklar geçiyor sürü sürü, güneşin ışıltısı vuruyor derinlere. Hiç kıpırdamadan yol alıyorum, sanki su beni sürüklüyor bilmediğim bir yöne. Her dalga vuruşunda biraz daha hafifliyorum, yalnızca sen ve ben kalıyoruz. Uyanıyorum. Aklıma o yeşilin tonu sinmiş. Hayırdır inşallah diyorum. Hayırdır, hayır...

Rehberim

Yine sessizliğin koyu rengine boyanmış kara geceler. Gecelere kara desem de aldırma. Hasreti demliyorum ben gecelerde. Saklı sevmiyorum ama saklı ağlıyorum. Geceler gizler be azizem. Koca bir adamın çocuk gibi ağlayan yanlarını gizler.

Üstüm başım sevda içinde. Hasret çekiyorum. Çöllerde adından serin rüzgârlar esiyor. Denizin dalgası bile adından şarkılar söylüyor. Kayan yıldızlar bile üzerime düşüyor. Yıldızlar ki gözlerinin binlercesi. Gecelerimi aydınlatan. "Of!" demek yakışmaz ki dilime. Sensizliğe sitem etmek ne haddime? Yazılmış kaderime yokluğunun ağır imtihanı. Sensizlik ki hasret hasret benliğimi eritiyor.

Hiç olmaktan geçmiyor muydu asıl aşk? Aşk-ı Tevekkül gerek her halime. Af diyorum sadece. Af Allahım. Rabbim sana ve sevgiliye kavuşmamı engelleyen ne kadar günahım varsa affetsin.

Ahşap kokulu odamda, "Bismillah!" deyip koydum ateşe çaydanlığı. Niyet ettim çayı demlemeye.

Odam temiz ama biraz dağınıktı. Nerde ne yazdığım belli olmadığı için not kâğıtlarım bir orada bir buradaydı. Kitaplarım bir köşede yatak boyunca uzanan bir rafta en büyük dertdaşlarımdı. Öyle hayallerle dolu. Televizyon almadım eve. Ne gerek vardı? Zaten yaşamın içinde, birçok dayatmayla, içine çekildiğimiz dünya karmaşasıyla yeterince uğraşıyordum. En sevdiğim, o açık yeşil, eski ahşap sallanan sandalyede, biraz şarkılara karışmaktı. Sen benim dinlediğim tüm şarkıların arka fonuydun. Elimle soluma dokunup, hele de yağmur ve çayım yanımdaysa; özlemin, eski muhabbetlerimiz bile tebessüm ettiriyordu bana...

Her insan, bazı şeylerle imtihan olur. Bazı sebepler verilir önüne. Elif de beni beşeriyetten uzaklaştıran tutunduğum dal olmuştu. Birlikte muhabbet eder ve bazen de dinlerdik. Önümdeydi, bana öğretirdi. Biz birlikteyken şarkılar susar bizi dinlerlerdi. Birlikte yaptığımız sohbetler kadar hiçbir şey beni heyecanlandırmıyordu. Elif'in her kelimesi ya yeni bir şey öğretiyordu bana ya da bildiğim bir şeyin içini dolduruyor ve aslını, hakikatini öğretiyordu.

Belki de hayatıma yön veren birkaç bilgiden birini yine sen öğretmiştin bana:

"Bir insanın meselesi varsa, mesuliyet sahibidir ve mesuliyeti olan insan soru sorar. Soru sormaya başladığında perdeler kalkmaya başlar. Hakikat kapısı sorularla açılır."

Sen benim başıma gelen en iyi öğretmendin.

Yâr diye seçtiğin insan rehber olmalı ömrüne.

Kelimeler

Yüreğimde derman buldukça seni yazıyorum
artık dilim ne kadar inerse yüreğime...
Kelimeler hasretinden yorgun düşüyor bazen...
Seni yazmak o kadar zor ki
ismin ki öğrendiğim en güzel kelime
sen ki aşksın, bu aşkla yanışımsın...

Sensizlik benim çekilesi çilemmiş
ey nuru gözüne boyanan can özüm
kalem bile çekmiyor bazen bu acıyı...
Hep düğümlü cümleler, yokluğunun getirdiği.
Sitem etmiyorum yokluğuna
bu ayrılıklar da sevdaya dahil değil miydi?

Tenin değildi beni yakan, özündü aşk kokan...
Vuslatı ben dünya için bilseydim
sevdam bir kuru alev gibi sönerdi.
Her yağmurda ben yağmura karışmazdım
yağmur yağarken bile yanmazdım.

Artık yağmurlar söndürmüyor yanışımı...
Sen ki huzura susayan sol yanımsın...
Sen olmuş kelimeler...
Bu sevda da yazmak da hal oldu bende...
Seni sevmelere, yazmalara doyamıyorum
seni anlattıkça, seni yazdıkça içim biraz rahatlıyor...

Sen hem yanışım hem yangınıma şükrüm
kelimelerim de ses veriyor bazen
yüksek dağlara haykırmışım gibi...
Bir yankı ismini sayıklıyor...
Bir Elif perdesi ki artık dünya gözüme gözükmüyor
kelimeler bulanık...
Gözlerinin hayalini
ne kelimelere sığdırabiliyorum ne de bu yüreğe...

Gözlerim yağmura karışıyor
rüyalarımda bile seni aramaktan yorgun düşüyorum...
Biliyorum bu kelimeler son kez kâğıda değdiğinde
son şiirimin son harfi sen olacaksın...
Şimdi yine hasretinden yorgun benim kelimelerim.
Bu sevdanın
yazdığım kelimelerin hakkını verememekten korkuyorum...
Bu yüzden yine bir yanı sensizlik,
bir yanı sükût dolu kelimeleri giyiniyorum
harf harf sen olan...

Hep O'na, en güzele
emanetleri emin olan Allah'a emanet ol...
Sevdiğim...
İlk yağmurum...
Can hecem...
Sabrım...
Bir tanem...
Nefesim...
Ne söylersem söyleyeyim canımın içi...
Kalbe dokunan senken kelimeleri söyle,
senden uzağa nasıl bırakayım?
Can özüm...
Seviyorum...

Ferhat ile Şirin Efsanesi

Ferhat ile Şirin'in hikâyesi Amasya'nın güzel coğrafyasında yaşandığı söylenen buruk bir efsanedir. Benzeri diğer hikâyelerde olduğu gibi bunda da birbirine kavuşamayanların trajedisi gözler önüne serilir. Birçok rivayet olmakla birlikte bunlardan biri şöyledir:

Ferhat, nakkaşlık yapan, Şirin'e sevdalı yiğit bir delikanlıdır. Öyle ki sevdası fırçasından dökülür, sarayları süsler. Zarafeti Şirin'e olan aşkının somutlaşmış bir ifadesine dönüşür.

Amasya Sultanı Mehmene Banu'ya, kız kardeşi Şirin için, dünürcü gönderir Ferhat. Sultan, Şirin'i vermek istemediği için olmayacak bir iş ister delikanlıdan. "Şehre suyu getir, Şirin'i vereyim" der. Der demesine de su Şahinkayası denen oldukça uzak bir yerdedir.

Ferhat'ın gönlündeki Şirin aşkı bu zorluğu dinler mi? Alır külüngü eline, vurur kayalara. Kayalar yarılır, yol verir suya.

Mehmene Banu, kız kardeşinin elinden gideceğini anlayınca bir plan yapar ve Ferhat'a bir cadı yollar. Su kanallarını takip ederek Ferhat'a ulaşır. Ferhat'ın dağları delen külüngünün sesi cadıyı korkutur, "Ne vurursun kayalara böyle hırsla, Şirin'in öldü. Bak sana helvasını getirdim" der. Ferhat bu sözlerle beyninden vurulmuşa döner. "Şirin yoksa dünyada yaşamak bana haramdır" der. Elindeki külüngü fırlatır havaya, külünk gelir başının üzerine bütün ağırlığıyla oturur.

Ferhat'ın öldüğünü duyan Şirin, koşar kayalıklara Ferhat'ın cansız bedenini görür. Kendini kayalıklardan aşağıya atar. Cansız bedeni Ferhat'ın yanına uzanır.

İkisini yan yana gömerler. Her mevsim iki mezarda da birer gül bitermiş, sevenlerin anısına, ama iki mezar arasında bir de karaçalı çıkarmış. İki sevgiliyi, iki gülü ayırmak için.

Susacağım

Şimdi hangi kelimenin eteğinden tutup sana sesleneyim?
Hangi sevgi sözcüğü ile hitap edeyim?
Tek bildiğim satır satır sana boğulduğum.
Allah için sevip sustuğum...
Sen benim en büyük suskunluğumsun
en çok konuştuğum halim olan...
Sen benim en büyük yalnızlığımsın
en kalabalık yanım olan...
Sen benim en çok yazdığımsın
en az eksilen cümlem olan...
Sen benim varımsın, yokluğum olan...
Geçemediğim
bırakıp geçmek de istemediğim yolumsun...
Işığı yolumu gösteren
duruşu halim olan...
Öylece sensin işte yazacağım tek şey.
Ötesini sen gelene kadar susacağım...

Sessizliğe sığınıyorum. Kelimelerin manasını kaybettiği yere. Her söz bir yanlış anlaşılmadır demiş biri. Her kelime yanıltıcıdır. Denmek isteneni gizleyen bir maske... Manası olmalıdır, dudaktan dökülen her kelime aynı zamanda döküldüğü yerde de bir karşılık bulmalıdır. Öyle bir manası vardır konuşmanın. Bazen de konuşmadan konuşur insan. Kelime yetmez anlatmaya, çıksa da ağızdan anlatamaz. O yüzden her söylenen biraz eksiktir. Gerisini gönül okur, bilir söylenmeyeni. Kalpten kalbe giden yolda dizilir sözcükler. Hiç konuşmadan anlar, anlatır insan. Sessizlik varsa eğer korkma o sessizlikten. Bil ki sessizliğin altında bir buzdağı gibi saklı tutar sırrını. Sessizlik varsa anlaşılmayan bekleyen derin bir hakikat vardır. Yoksa kolaydır kelimelerin geçiciliğine sığınmak. Onlardan medet ummak. Seven sessizdir. Seven susar.

Kıyındaki Şükür

Aklımın kıyılarında açığa çıkıyor sahipsiz bir sandal...
Aklıma sarılı ipi çözüyorum o an...
Sandala atlayıp başlıyorum sana gitme umuduyla...
Sabahla gece arasında bir kızıllıkta...
Sen dediğimde öfkeli Karadeniz bile dinginleşiyor
bir gökkuşağı oluşuyor evimle evin arasında
altından geçiyorum
sana attığım her adımda
sana çektiğim her kürekte bahar geliyor gözlerimin önüne.
Adın baharın, huzurun habercisi.
Taptaze umutları yaşatıyor içinde.
Bembeyaz çiçekler açıyor adını duyan her bahçede.

Akıldan geçtim artık, hiçbir kıyıya yanaşmadan
sürecek yolculuğum.
Kelimelerimden bulutlar, gemiler ve yıldızlar yapıp,
süsleyeceğim gökyüzünü.
Senin yürek dualarına girene kadar
yüzdüreceğim umutlarımı...
Ve kıyına geldiğimde
elime bir avuç şükür alıp, yüzüme çarpacağım.
Şükür diyeceğim, şükür kavuşturana...

Kavuşur muyuz?

Bir gün daha geceye döndü. Gündüz gecesine kavuştu. Derdine, dikenine kavuştu. Ben de gündüzün gecesini sevmesi gibi sevdim Elif'in yokluğunu. Nasıl gece gündüzün devamıysa, Elif de benim devamımdı. Birkaç şehir mesafeden korkup, niyet bozulur mu? Bir çiçeği koklarken düşünür müsün?

Hem ne farkım var bir gündüzden?
Sesini düşünsem bir deniz süzülür yanaklarımdan
yüzümde beyaz bir bahçe büyüttüm
sadece senin sevdiğin kokan
sağ elimde binlerce insan yaşıyor
seni nasıl sevdiğimi anlatıyorum onlara,
gözleri haramdan sakınıyor.
Tevekkülü anlatıyorum onlara,
besmeleyle başlıyorlar sevdalara...
Gözlerimi kapatıp, seni gördüğümü anlatıyorum
ve artık inanıyorlar bana...

Bu şiiri yazarken
gece gündüzüne kavuştu bugün de...

Sevdiğim söyle, biz de kavuşur muyuz?
Gece de olur, gündüz de...

Sabret kardeşim, helalini bekle. Kimse işlemediği bir günah için pişman olmamıştır. Kimsenin mükâfatı da hayallerinden aşağı olmamıştır...

Gitsem Diyor İnsan Bazen

Sığmıyor yürek eski yerine
ne de ben eski halime benziyorum.
Öyle bir yer açtım ki sana yüreğimde
ne bir beşeri dert giriyor içeri ne de bir benlik zuhuru...

Gitsem diyor insan bazen! Kelimelerini de iç çekişlerini de alıp gitsem diyor. Zaten belli bir yerden sonra içine attıklarını taşıyamaz oluyorsun. Saatlerin yâre hasreti gösterdiği vakitlerde, gidesi geliyor insanın...

Dualarıma yağmurlar sızıyor
can bir lokmada çıkar da
bu yürek yangını dualarıma sığmıyor...
Ne kadar yağmura bıraksam içimi
bir senin oturup baktığın yeşil deniz gibi dingin olmuyor...

Gitsem diyor insan bazen! İki direk bir çatı kondurup, ocakta kendi demlediği çaya talip olası geliyor. "Ben de küçük dünyalıklara tebessüm mü etsem?" diyesi geliyor.

Öyle demi kaçan çayda tat aramak değil derdim
demini bulana, taze kalana ram olmak
sığmıyor demliğime, demsiz bir ömür...
Ondan ki artık gitmekteyim.
Bakıp da gördüğüm olsa bu dünya, canım yanmaz da
yüreğin gösterdiklerini idrak edince
dua diyorum, sabır diyorum, şükür diyorum...
Nihayete ermiyor sensizlik.
Ne gidiyor, ne geriliyor, duruyor kursakta özlemlerim.
Yürekte düğümlerim.
Şiire sığmıyor.
Sükûtu hal eylemekteyim.

Belki bu bahar yüreğime de gelir, sen hali, ben hali...
Rabbim bilir her hali deyip, dua edip duruyorum...
Sığmıyor geceye karanlık, ne de bu kadar bekleyiş.
Bir inşirah...
Ah oluyor yürek
sığınıyorum yine tanıdık bir huzura
eğiliyorum alın izime...

"Senin için bağrını açmadık mı? İndirmedik mi senden o yükünü? O sırtında gıcırdamakta olan (ve bu şekilde sana eziyet veren) yükünü? Senin şanını yüceltmedik mi? Demek ki, zorlukla beraber bir kolaylık var. Evet o zorlukla beraber bir kolaylık var! O halde boş kaldığında yine kalk yorul! Ve ancak Rabb'inden ümit et, hep O'na doğrul!"

İnşirah Suresi

Toprak

Yağmur var İstanbul'da.
Bu soğuk akşamda
ellerinden aldığım emanetleri
avuçlarımı
sensizliğime eşlik eden çay ile ısıtıyorum.
Ve gözlerin yağmurun habercisiydi bende
dupduru bir su birikintisi.
Yüreğime damla damla yağan...
Öyle suskun, öyle kırılgan...
Birisi çıkar;
Yağmurla karışık dualarıma benzeyen
sevda ile karışık çayımı demleyen...

O biri tevafuklar sonucu ömre yazılır, sonra bir toprak, bir su, bir hava olur sana. Vazgeçemezsin artık vazgeçmek de mümkün değildir bilirsin.

Ve "o" adında sevdanın meali saklı olan...

Şairin de dediği gibi: "Adında gördüm harflerin gülüştüğünü." Ve "o" harfler yüreğimde saltanat kurar!

Fetih bu ya "Bismillah!" demeden atılmaz hiçbir adım.

Dünyalık sevda değildir ki nasiplenilen

ahirete biçilen dünyalık kumaştır

her santimine sevda işlenen...

Kâinatta tesadüf yoktur tevafuk vardır. Tevafuk Hakk'ın iradesiyle denk gelmektir. Ve bu denk gelişten sonra her şey değişir, benlik değişir, dünya değişir... Toprağın kokusu, suyun tadı, havanın kokusu değişir.

Eyvallah

Hayırlısı diyorum, her şeyin hayırlısı. İnsanın da işin de, sevdanın da hayırlısı. Her şey niyetle başlar. Sonra hareket gelir. En son ise gerekeni yapıp işi Allah'a teslim etmek yani tevekkül... Olmayana da şükretmek lazım. Olmayana şükretmek ki sonra olmadığı için defalarca şükretmek. Sınırlı bir dünya algısında çırpınır dururuz, hep bir şeyler isteriz, asla doymaz açlığımız. Dileklerimiz olmadığındaysa üzülür, kahrederiz. Göremeyiz görünmez iplerle dokunmuş ağları. O, bizim için en hayırlısını ister, bilmeyiz. O yüzden hayırlısı diyorum, her şeyin hayırlısı...

Tüm dertlerden başını kaldırdığında gördüğün bir Allah var.
Şimdi yüreğime sadece bunu öğretiyorum
olsun, Allah var diyorum.
En çaresiz, en sensiz yanlarıma
dua dua bu cümleyi sürüyorum.
Çünkü, içimizin içini de bilen "O".
Bir çocuk gibi siniyorum bazen bir köşeye
Rabbim hakkıyla seversem bizi bize bağışlar diyorum.

Bu yüzden gözlerim sadece bir sevdaya açık
dünya âleme perde...
Gelsen de bir Hikmet desen
gözlerime bakmasan da olur...
Rabbim...
Âcizliğim sadece senin katında.
Soluma da onu yazan sensin, uzağıma da.
Takdir senin.
Ben Aşk-ı Tevekkül eyledim
eyvallah deyip susuyorum...

Rızık

Ben bu kalbe seni rızk bildim...
Gönlümün rızkı...
Efendimizin (sav)
"Hz. Hatice benim gönlümün rızkı" dediği gibi...
Bismillah dedim öyle buyur ettim içeri.
duasız, âminsiz büyütmedim içimde seni...
Sardım, sakladım...
Hep bir olmanın
iki cihan yâr olmanın nasipli ihtimallerine sığındım.

Elif Gibi Sevmek dediler
yolu Allah'a adanan aşk dedim.
Ötesini de yalan bildim.
Ama vav gibi de eğildim büküldüm...
Ben dünyaya Elif gibi gelmedim...
Vavdım, doğruldum...
Sevdim, yoğruldum...

Belki küçük bir çocuk ürkekliği ile yeri geldi bulutları
misafir ettim gözüme.
Senli yağmurlar bıraktı
ıslandım ve inandığım o yolun yolcusu olarak uyandım...
Her canımın yanışında sabrı dilime ezber ettim.
Çünkü biliyordum sevdasına sadık olmayana
bir ömür emanet edilmezdi.
Sadakatin tanımını kimseden öğrenmeden yüreğime işledim.
Zor gelince imtihan Allah deyip, susacaksın.
Rızık Allah'tandır!
Belki de her bela, kulun kendini bir şey sanmasındandır...

Bile Bile

Aşka olan inancı neler yaptırmaz ki bir insana? Yeri gelir kırılır yeri gelir o kırgınlık bir hayatı altüst eder. Bile bile yanlış olan şeyleri yapar ama yine de vazgeçmez sevdiği için mücadele etmekten.

Her kafiye boynuma zincirdi, intiharımdı
eğer yazarsam unutamayacaktım
yüreğime kazınmış kokun kâğıtlara tescillenecekti
acımadım kendime
hayatım boyunca unutamayacağımı bile bile
yüz binlerce insana ezberleteceğimi bile bile
Elif Gibi Sevmek dedim
sana olan bütün ihtimalleri bir kitaba yazdım...

Anlatamıyorum

İnsan bir şeylere sahip olmayı istiyor, bize böyle öğretti annemiz. Mesela o kumandalı kırmızı araba, mutluluk onu eline alıp oynamaktı.

Aşk akıl işi değil derlerdi, sözlüğe bakardım anlamak için.
Seninle olan, sana âşık olan halime bakıyorum...
Bir şeyin yokluğu bile şükrettirir mi insanı?
Elif'im, bana manayı öğrettin yokluğunla.
Tam 10 şehir uzaktan sana yazıldı bu satırlar.
O gözleri düşünüyorum, nasıl sevdirirdi bana yağmurları.
O yokluğunu düşünüyorum, nasıl getirirdi geceleri.
Biraz hızlanır adımlarım sen aklıma gelince
nasılsa arkamdadır orada yürüyordur Elif'im demek...
Böyle bir hayat yaşıyorum işte.
Bilinçaltıma yanımda olmadığını anlatamıyorum.

Pıhtılaşmış adın damarlarımda. Elif Elif diye atan bir kalp taşıyorum göğsümde. Yani kalbimdesin derken sana, kalbimde kanıyla, etiyle, canıyla tam içindesin diyorum.

Gitsen biterim, artık sen varsan ben varım. Sevdiğim, sen gitsen ben de kendimden giderim. Canım gider, ruhum gider, damarlarımda can diye dolaşan kanım gider...

Padişah ile Cariye

Zamanın birinde bir padişah adamlarıyla ava giderken yolda güzel bir cariye görüp ona âşık olur. Onu alıp sarayına getirir. Fakat bir müddet sonra gözü gibi baktığı o güzel cariye hastalanmış. Günden güne eriyip tükenmeye başlamış.

Bunun üzerine padişah memleketin en iyi hekimlerini çağırır ama hiçbiri cariyenin hastalığına çare bulamazlar. Padişah bunu görünce çok üzülür, günlerce çareler arar, uzak topraklara haber salar ama olmaz, cariye bir türlü iyileşmez. Sonunda bir mescide gidip el açarak dua eder, secdeye kapanarak ağlar ve cariyenin iyileşmesi için yalvarır. Bu sırada uykuya dalar. Rüyasında kendisine şöyle seslenen bir pir görür:

"Artık üzülme, duan kabul oldu. Yarın şehrinize bir yabancı gelecek o bizdendir. Onun yapacağı tedaviyle cariyen iyileşecek."

Sabah olup güneş doğunca padişah pencereye koşup rüyasında gördüğü yabancıyı beklemeye başlar. Uzaktan onun geldiğini görünce kendisi sarayın kapısına koşarak kapıyı açıp piri içeriye alır. Konuşup görüştükten sonra, padişah hekimi hasta cariyenin yanına götürür. Hekim önce hastanın yüzüne bakıp sonra nabzını sayar. Hastalığın belirtilerini sorup sebeplerini dinler...

"Diğer hekimlerin tedavileri iyileştirmek yerine büsbütün harap etmiş hastayı" der ve şöyle devam eder: "Onların içerden haberleri yok, onun için de hepsinin aklı fikri işin dış yüzünde" der.

Hastanın halinden inlemesinden onun gönül hastası olduğunu anlamıştır. Çünkü hiçbir hastalık gönül derdi gibi değildir. Hekim durumu anlayınca, "Padişahım, herkesi uzaklaştır köşede bucakta kimseler kalmasın ki ben hastayla baş başa kalıp rahat rahat çalışayım, hastanın hastalığını anlayıp ona göre bir tedbir düşüneyim" der.

Padişahın emriyle oda boşaltılır ve hasta ile hekim baş başa bırakılır. Hekim yaklaşıp hastanın başucuna geldi yumuşak ve tatlı bir sesle, "Memleketin neresi, nerelisin? Bana söyle, çünkü her memleketin halkının ilacı başka başkadır. Memleketinde yakın akrabandan kimler var, kime yakınsın?" diye sorar.

Hekim elini kızın nabzına koymuştur. Hem sorar hem de nabzını kontrol eder. Kız yavaş yavaş hekime bütün olanları anlatır, başından ne geçtiyse söyler. Hekim kızın nabzını tutarak, "Bu kız kimin adını söylediğimde eğer heyecanlanır, nabzı hızlanırsa demek ki sevdiği, uğruna hasta olup yataklara düşerek mum gibi eridiği odur" diye düşünmektedir.

Kız önce doğup büyüdüğü memleketi ve oradaki dostlarını sayıp döker. Fakat nabzında bir değişiklik olmaz. Hekim, "Doğduğun yerlerden ayrılınca hangi memlekete gittin?" diye sorar. Bunun üzerine kız bir şehir ismi söyleyip geçer ama ne yüzünün rengi ne de nabzının atışı değişir. Daha sonra sırasıyla götürüldüğü yerleri, şehirleri, görüşüp tanıştığı insanları birer birer sayıp döker. Lakin halinde bir değişiklik olmaz. Ta ki hekim Semerkant şehrini soruncaya kadar...

Semerkant'ın adı geçince kızın nabzı hızlanır, yüzü ve yanakları kızarır. Çünkü o Semerkant'ta bir kuyumcuya âşıktır ve ondan ayrılmış olmanın ıstırabıyla yanıp tutuşmaktadır. Bunu öğrenen hekim kuyumcunun Semerkant'ın hangi semtinde ve hangi mahallesinde olduğunu sorup öğrenir. Sonra da kıza, "Ben senin hastalığını ve bu derdin çaresinin ne olduğunu çok iyi anladım. Fakat sen bu bana anlattıklarını sakın başkasına söyleme, hele hele padişaha hiç anlatma..." diye tembih eder.

Hastanın yanından ayrılan hekim doğruca padişaha gelip durumu anlatır, "Bu kızcağızın iyileşmesi için o kuyumcuyu getirmekten başka çare yok" der. Bunu duyan padişah hekimin nasihatini canıgönülden kabul eder. Hiç zaman geçirmeden kuyumcuyu davet etmek üzere bir elçi gönderir...

Elçi Semerkant'a varınca doğruca gidip kuyumcuyu bulur. Padişahın gönderdiği hediyeleri takdim edip, padişahın onu davet ettiğini, eğer gelirse padişahın en yakın adamlarından olacağını, çok büyük ihsanlara ve iltifatlara mazhar olacağını söyleyince, kuyumcu zaman kaybetmeden yola koyulup padişahın sarayına en kısa zamanda ulaşır.

Kuyumcuyu gören hekim bunun üzerine, "Ey padişah, o cariyeyi bu kuyumcuya ver ki hastalıktan tamamen kurtulup iyileşsin" der.

Padişah o ay yüzlü güzeli kendi eliyle kuyumcuya verir. Sevdiğine kavuşan cariye de altı ay içinde şifasını alarak tamamen iyileşir. Ondan sonra hekim kuyumcuya bir ilaç hazırlar. İlacı içen kuyumcu hastalanarak günden güne çirkinleşip erimeye başlar. Eski güzelliğinden hiç eser kalmaz. Kuyumcu böyle günden güne eriyip çirkinleşince kızın gönlü de ondan soğur, aşkı günden güne azalır. Bir müddet sonra kuyumcu ölür ve kızın aşkı da sona ermiş olur. Böylece o güzeller güzeli kız o aşktan ve hastalıktan arınıp tertemiz olur. Bu cihan bir dağdır, bizim yaptıklarımız ise ses, seslerin aksi yine dönüp bize gelir.

Bu hikâyenin mesajını tam olarak anlamak için kişilerin neyi temsil ettiğini belirtmemiz gerekiyor. Belki de iyice anlamak için bu gözle tekrar okunması gerekebilir.

Padişah: Ruhu

Cariye: Nefsi

Cariyeyi tedavi edemeyen hekimler: Sahte şeyhleri

Cariyeyi tedavi eden hekim ise: Gerçek gönül hekimini

Kuyumcu ise: İnsandaki heva ve hevesi temsil eder.

Hikmetine Haram Olur

Şehrin sokaklarında yürüyorum... Işıklı kalabalık arasında öylece bir köşeye çekilip, gözlerimi kapatıp, duaları sıralıyorum. Koca kalabalığın içinde mevsimini terk etmiş bir kar yağıyor yüreğime, donuyorum. Öyle bir sen kesildim ki yüreğimde yüreğime bile yer bulamıyorum... Hepsi bir adım daha sana yaklaşmak için, ben yeminimi doğduğum bu topraklara ettim.

Ve içimden sana kavuşma hayalini geçiriyorum.
Kavuşmak dedimse bu dünya için değil
ahirete be sevdiğim...
Bu dünya bizim için değil.
Yüreğe her gün öğretiyorum.
Sonra... Birkaç damla...
Her gün biraz daha çocuk
biraz daha nahif, sevimli
biraz daha sana
yoluma benziyorum
öyle bir yol
biraz daha Allah'ın istediği gibi
Elif gibi.

Duası dünyaya değil, ahirete ışık olan yâr...
Hayalime, duama karışan başkasını tahayyül edemiyorum...
Edemem de...
Yüreğe ağır gelir
nefes durur.
Bu sözler ve şiirler
hikmetine, haram olur.

"Adına dünya denen bu durağı, derin bir üzüntüye kapılmadan seyretmek mümkün mü?" diyor *Amâk-ı Hayal*'de. Bu dünya hayaldir. Burası bize göre değil.

Şehirli Çocuğun Özlemi

Ben unuturdum unutmasına da,
kuzinenin üzerinde unuttuğum ekmeklerin kıtırlığı
tahtaların gıcırtısı, yer sofraları
tereyağı üzerine balla yüreğimin tutması
işte şükür, hamt, sadelik hepsi sen...
Yaşamayı sevdikçe sen
Allah'a şükrüm de sen, duam da,
dua ile şükür, hem var hem yoksun.
O gülümsemene o kadar aç ki gözlerim, duasın.

Tek duamsın, kabul oluver. Karşıma alayım seni, şehirli bir çocuğun köy sofrasına özlemi gibi seveyim. Ekmeği banar gibi ayran kesmesine, öpeyim ellerinden. Evimde yürü, her yer cennet koksun yağmura hasret kalmayayım...

Gelsen, gözlerimdeki buğuyu evimizin penceresine koysak, kimsenin olmadığı kendi şehrimizi çizsek. Çayı, yağmuru ve şiiri seven insanlardan kurulu o muazzam ülkenin, başkenti bizim şehrimiz olsa. Senin ayak bastığın yerdir benim cennetim. Sende bulurum ben çocukluğumu, huzurla toplanan bir sofranın sakinliğini. Senin olduğun yerdir benim toprağım. Başkenti biz olan.

Varışa Yakın Bir Yanlış

Allah için sevdiğim. Sana söylemek istediğim her sözü yazıyorum şimdi. Sabrın kaç merhalesi varsa hepsinden yana yana geçtim. Yandım, söndüm, yeniden yandım... Silindi mi peki her şey? Hayır, aksine sevda kazındı daha da içime. Yanışım senden geçti. Yanışım, yanışını buldu. Bu dünyada sevda ateşini yüreğinde yakmak Allah'ı bulmakmış. Yanmak, Allah için olunca acısı gül şerbetiymiş...

Gözlerim hüzün penceresi şimdi...
Sürekli camına yağmur vuran.
İçimse bir uzun yol...
Adım adım yürümekten geçip koştuğum
nefessiz kalana kadar.

Nefesim şükrüne varana kadar.
Sonrası son varış.
Varışa yakın bir yanlış...
Çünkü ne kadar yaklaşırsan ışığa, o kadar yanmak gerek.

Yanıştan sonra bir huzur, ılık bir serinlik...
Gözlerim artık seni görüyor...
Sendeki asıl sireti...
Suret değildir zaten yakan, sirettir varlığını değerli kılan.
Görüyorum artık...
Hiçbir şey görmeyip, sadece duyup okuyan bir adamın
ilk defa görmesi gibi.

Gözlerim artık sadece bakmak için değil, görmek içindi.
Gönülden...
Nakıştan öte nakkaşı...
Boyadan öte boyacıyı...
Benden öte Yaradan'ı...
Yaradan'dan ötürü yaramı...
Yazıyorum yine. Bir yanık kokusu burnumda.
Sana yazdığım kelimeler yanıyor içimde...
Harfler tutuşuyor...
Sevdam kor...
Sevdam nar...
Sonra tüm yanışlarım bir serinlik...
Serinliğin ötesi huzuru bulmak
Allah'a varmak...
Allah'ı bulan kalp, tüm acıları kaplar.
Elif, artık acın şükre dönüşür...

"Herkesin içinde hakikatten haberdar olan,
ancak her şeyden bihaber olmakla beraber eseri de
kalmayan kişidir. Candan da cisimden de bihaber olmadıkça
nasıl olur da Canan'dan haberdar olacaksın?"

İki Nokta

Söyle...
Hangi şiiri yazsam sana kavuşurum?
Vuslat şiirini yazsam
içine bir yuva kurup, tek bardak çay iki nefes yazsam...
Şiirlerimi ıslatsa şükür yağmurları gözümüzden
sahi yazılır mısın iki cihan, tek benim cümleme?
"Eş" diye her halime...
Benim şiirlerim, duam biraz da.
Sevdam çokça...
Benlik kalmadı zaten.
Hayatıma alabildiğim tek şey,
senin öğrettiğin Rabb'e olan yol...
Söyle, şimdi yazsam Elif'i Hikmet'e,
nasibi olur musun yüreğimin?

Nasipli ihtimallerdir bekleyişlerimiz. Olur ya gelir; bir bahar havası gibi içine çektikçe çekesin gelir, ardından güneşli yağmurlar bırakır, her damlası gülüşünden renkler olur...

Sesini duysam; umut var, sabır var.
Yüzünü görsem; huzur var, şükür var.

Yüzünde dinlendiğim kadın, bir yağmur gülümsemesi... Belki de yağma sebebisin yağmurların, yüzünü görünce bulutlar iniyor, yüzüne dokunup gamzelerinde dinleniyor...

Adının geçtiği cümlelere nokta koyamıyorum
uzadıkça uzuyor
ancak iki nokta, biri sen biri ben...

Özlemek

Sevdiğinden yeteri kadar uzaktaysan gerçek hayat ile hayallerini ayırt edememeye başlıyorsun. Geleceği özlüyorsun mesela. Her hayalinde bugün yanında olmayan "o" var. Nasıl da özlenesi bir gelecek yaratıyorsun başının içinde.

Özlemek bulaşıcıdır, farkı istemektir. Sen özlersin, istersin, gelsin dersin. O da özler ama istemez ve gelmez. Belki de önemli olan şey özlemek sorusuna verdiğimiz cevaptadır. Kimi özler kafayı çeker, kimi özler şükür çeker. Özlemek mecburi bir acı. Hayallerinin altına tek başına imzanı atarsın. Gündüzleri bile kimse anlamaz seni, geceleri beklemeye başlarsın. Mecalin kalmayana kadar korkarsın gündüzlerden. Öyle ya nereye baksan bir hatıra ihtimali.

Bırak yaş süzülsün yanaklarından, ne kadar sevdiğinin izidir onlar. Sessiz feryatlarının izidir.

Özlemek geldiğinde sana, yüzünden okunacak sevdiğin. Yine onu özlüyor diyecek sana bakan. Aslında özlemekten geçme hali bu. Kendinden vazgeçip yavaş yavaş "o" olacaksın. Ona benzeyeceksin. Onun haline bürüneceksin.

Ve bazen helalin olamayacağı
elinden tutamayacağın ihtimali gelir aklına
işte o zaman
ölümü bile özler insan.

Bana Bak Köylü Kızı

Elif
bir tanımları işgal etme durumu
bir bebeğin ilk sütü içişi
bir saflık simgesi
öyle güzel olması bir çiçeğin
seni düşünürken
renklerin yakışamaması güllere...

Cennetimi esirgeme, bana bak köylü kızı
aç o denizlerle ormanları birleştiren gözlerini
bir bulut aralığından güneşin sızması
doğanın ihtiyacı gibi güneşe.
Sanki
sanki baksan büyüyeceğim
pamuk ellerle bir çocuğun musluk kenarına erik ekmesi
belki bir gün ellerine değecek kadar...

Cennetimi esirgeme, bana bak köylü kızı
elbette çakalların maksadıdır karanlık
her daim ayakta bir çınar ormanının hatırına bak bana
bak ki ellerim değsin toprağa
şükür ekeyim kapıların önüne.
Öyle bir inanç açsın gözlerinin değdiği topraklarda
adımız geçsin köyündeki teyzelerin dualarında...

Cennetimi esirgeme, bana bak köylü kızı.
Adın
küçük bir çocuğun duası gibi dilimde
öyle masum ki savaşlarını durdurur koca adamların...

Cennetimi esirgeme, bana bak köylü kızı
bir çemberin içinden göster bana cenneti
öyle bir bak ki köylü kızı
vuslata yorayım gözlerini...

Yanışım

İnsanın içinin de içi yanar bazen. O kadar yanar. Söylesen anlamazlar, duvardan döner insanın sevgi tarifi. Sustuğunda biraz daha atar seni yalnızlığa ve her gün biraz daha tükenirsin. Gerçekten seviyorsa bir insan, o biraz daha iyi olsun diye kendinden geçmeyi kabul edersin.

Bilir miydim ki bu sevda, böyle imtihan olacak,
yine de yanardım.
Cahilim belki...
Duasını nasıl edeceğini bilmeyen...
Ama dilimden hayırlısından ötesi geçmesin.
Hayırlısı ise gönlüme yine de yanmayı nasip etsin
nefesimi, bu canımı yaratan...
Bazen bilmiyorum solumla ne yapacağımı,
hangi sözde hangi tavırda duracağımı...
Yakıyor işte...
Ruhumu sarıyor bu sevda
gidişimi öteliyorum
istemesem de.
Yanışım var
sönüşüm olmayacak, bile bile yanıyorum...

Uzaktan Sevmek

Uzaktan sevmek mi olmazmış diyorlar sana.
Boş ver onları çocuk.
Islanmamış adamlardan yağmuru dinlemeyi bırak.
Bir sevda anlatayım sana
öyle bir sevda ki
diğerlerini toplasan bakmaya hükmü yetmez.

Uzak nedir çocuk?
Göremiyorum, dokunamıyorum ne demek?
Bir çift göz düşün
gökyüzüne baksam binlercesi.
Bir nefes düşün, almadığını bilsen tükeneceğin.
Bir saç teli düşün çocuk
hiç görmediğin.
Dokunacağını düşünsen
uçurumdan düşeceğin.

Bir kalp düşün çocuk
başkasına attığını bilsem
sözsüz bir dua ederim
kaparım gözlerimi
duam açılmaması olur...
Umut mu boş versene
kanı çekilir kalbimin
artık atmasa da olur...

Gönül Dergâhımda

Sevdiğin yoksa yanında, bir boşlukta hissedersin kendini. Sessizliği yeterince dinlersen, solundan cümlelerin sızdığını hissedeceksin. Al eline kâğıt kalem korkma. Kapat gözlerini insanlara ve yüreğinde duyduklarını yaz. Nasıl bir duadır bilir misin yazmak? Gönülden geçenlerin mührüdür yazılanlar. Önce seversin sonra kâğıtlara sırlarsın duygularını yazarsın ve daha çok sevmeye başlarsın.

Anladım ki fıtratımda varsın. Gözlerin gözlerimin yuvası gibi sislerin ardından buğulu görüyorum nehirleri. Mükemmel bir korku ile yaşıyorum senden uzaklarda. Ya yine seni anlatan bir şarkı çalarsa bir yerlerde? Sen yokken yağmur bile huzursuz, biraz eksik kokuyor. Pembe bir manolya eskisi gibi yakışmıyor gamzelerine. Çiçeklerin bile rengi kaçmışken bu çocuk ne yapsın sensiz? Yalnızlığın rengini söylesem insanlar korkacak. Bazen de anlaşılmak istemiyor insan. Sen yokken anlaşılmanın bile bir hükmü yok gönül dergâhımda.

İsimlerin En Güzeli

Asık yüzlü insanların dolaştığı bir şehirde sevmek zor iş. Neyse ki sevmeye doğduğum şehirde başlamıştım; içine çektiğin havanın yarısı ormandan, yarısı denizden. Gelecekte birçok kez aynı gökyüzüne aynı anda bakıp, aynı duayı edeceğimizden olacak ki Rabbim "o"nun şehrinde dünyaya gelmemi nasip etmiş.

Ben kış mevsiminde doğmuşum. O mu? Ne münasebet, tabii ki baharda. Baharın en güzel gününde değil, o, o gün doğdu diye o gün baharın en güzel günü olmaya başlamış. Bildiğimiz her şey deniz kokan şehrin güzeline binaen sıralanmış.

Çok içten dua ettim bir gecenin ertesine, onunla karşılaşmamı tesadüf olarak nitelendirmiyorum. Aşk bir yürekten bir yüreğe tevafuk ile akar.

Tamam gözlerini göremesem de olduğu kadar kelimelerim var, seni yazamıyorum ama senden yazabiliyorum bir parça avuntumuza sarılıp uyuyoruz işte sabah erkenden.

10 senedir görmüyorum onu, yazıyla tam on senedir ayrıyız.

Sesine dokunamadığım derken bir teşbih yok burada, bir birlikteyken seslerimize dokunur, ellerimizi okur, yüzlerimize bakar dalardık. Esasında biz birlikteyken baştan aşağı şiir kokardık...

Dinle

Bazen öyle daralıyor ki insan, içi öyle bir kanıyor ki hatta içinin de içi kanıyor ya bazen. Sonra sızı oluyor, sızın oluyor. Gözünde yaşın oluyor. Boğazında düğüm, avucundaki ter...

Adına her ne diyorlarsa sevmenin öyle çok yakıyor ki.
Yokluk hal oldu bende...
Yokluğunda nefesim tükeniyor...
Sana susuyorum, dinle...
Bir güzel, bir canı ne kadar yakabilir ki?
Bilesin ki sevgili
içimde biriktirdiğim şiirlerle
beklerim geceleri
dualarıma sarılıp yatarım...
Derdim mi?
Beni biliyorsun, hep içime atarım...

Şiir şairin umududur. O yüzden hep sabaha karşı yazıyorum şiirlerimi, alarmını kurduğum bir saat uyanıyor ruhumda. Hayata yeni başlar gibi yeni bir sızıya uyanıyorum. Yaşamak benim için en çok bu sızıyı hissetmek. Yokluğunun sonu yok, öyle derin ve öyle karanlık geliyor. Sonra bir şiir daha yazıyorum, yokluğunu ısıtsın diye bir ateş yakar gibi... Duyuyor musun?

Beyaz Gül

O kadar yağmura benzemeye devam edersen
yüreğimdeki ıslaklığı geçiremem, gözlerimdeki kadar...
Bu adama sen yağarsan her gece
ve yağmurun bir adı da senken
ıslanmadan nasıl geçeyim bu hal içinden
nasıl sevmeyeyim yağmuru bu kadar sana benzerken?

Sevdadan sırılsıklam olmayınca
Kuru bir yürek hangi baharı müjdeleyebilir ki?
O kadar yağmura benzersen
yalnız bir kartal gibi cesur olurum
varsın bir kanadını kırsın bu 10 yıllık hasret...

Ben, sen yağmurlarında ıslanırım
ne yüreğimdeki ıslaklıktan geçerim
ne de gözümün yaşından çekinirim.
Asıl yüreğim kurursa bir gün sevdiğim
ben yaşayan bir cesedim
ismimi gözleri yeşil bir yetim koysun...

Şimdi yağmurum sen, ıslanışım sen.
Özlesem sen, ağlasam sen.
İşte şimdi tam burada gözümdeki yaş düşecek sol yanıma
gelsen de yağmurlar bize bakıp yağsa
bir annenin bebeğini emzirmesi gibi yağsa
beyaz bir gül açsa, elini tuttuğum yerde...

Yayla Çorbası

Yalnızlığa bitişik yaşamak yerine, bitişik olabilirdik bir yayla çorbasını karıştırırken. Biliyorum hayat adil değil. İsminin harflerinden seni tanımayanları ağlatacak şiirler yazabilsem de sabah erkenden kalkıp, sevmeye devam ettiğim kadın ile bir yayla çorbası karıştıramıyorum.

Kahvaltıda aynı zeytin tabağından zeytin yemek diye hayal kurar mı bir insan? Ben şarkı dinlerken bile acaba o da dinliyor mudur diye düşünüyorum. Böyle ihtimallerin umudu azalacak gibi olduğunda yağmur yağıyor ve evet, aynı yağmurun altında ıslanıyoruz. Yağmur yağdığında sesini dinliyorum ve senin de aynı anda dinlediğini düşünüyorum. Çünkü yapacak daha mühim bir işin yoktur, olmamalıdır. Bizim yoktu. Yağmur yağardı. Islanamasak da dinlerdik. Tek işimiz bizdik. Yağmur yağardı, biz olurduk...

İnşallah bir gün nasip olur, dibi tutmasın diye birlikte bitişik şekilde bir yayla çorbası karıştırmak. Hatta belki yağmuru da görebileceğimiz bir odada.

Payıma Ne Düştü

Onca seneden, tam on seneden sonra sevdamın şehrinden payıma ne düşmüş, anlamadım. Dalgaların sesine kitap yaprakları karışmış, okudukça gözleri yaşarıyor insanın. Gözlerin yaşardıkça bir suluboya adiliğine dönüyor hayat. Renklerden vazgeçmiş insanoğlu, gözlerine zincirli anılarım tek kelimene talibim. Sensiz yaşamanın suçluluğunu taşıyorum üzerimde. Tam on seneden sonra sevdamın şehrinden payıma ne düşmüştü bilmiyorum ama sevdamın şehrinin payına, hüznü saçlarının beyazına, derdi sırtına iz yapmış tebessümü yüreğinde saklı bir adam düştü...

Payım şehrin, sen benim, çayım demli olsa...

Her sevdadan ve hayattan payına düşeni alır insan. Hem de yeteri kadar alır, eksiği fazlası yoktur. Bazen hüzün karışır bazen tatlıdır. Bazen isyanlar kabarır yüreğinde bazen de ölmemecesine yaşamak ister. Hayat herkese payına düşeni verir. Şiirler yazdırır, âşık eder, sonra tepetaklak olursun. Sonra yine ayağa kalkarsın ve yürümene devam edersin, ellerinde mürekkep lekeleri. Kolay mı bir hayatı yazmak, bulaşacak tabii ki ellerine mürekkep lekeleri...

Birazı defterlerinde ölümsüzlüğünü ilan edecek, sesini duyuracak senden sonra yürüyenlere. Onlar da kendi payını alacak hayattan ve yazdığın satırlardan...

Sevmek Öyle Yakışıyor ki Bana

Hatıralar kalsın, yüzünde tebessüm
ben giderim karanlık vakitlere
gözlerinin yeşilinden daha ağır gelse de...

Bir çocuktum o zamanlar ama benim isteyişim bir çocuğun hevesi olarak adlandırılmamalıydı. Yaşımı, Türkçe derslerinde ilk kez öğrendiğim kelimeleri avucuma yazıp, eve geldiğimde isminin yanına yakıştırmalarımdan çıkarabilirsiniz. Koca bir adam gibi seviyordum küçücük bir bedenin içinde. Koca bir adam oldum, her geçen gün çocuklaşıyor sevgim. Küçülüyor demiyorum; çocuklaşıyor, gözyaşlarımı büyütüyor, birlikte bastığımız kaldırım taşlarına benzeyen her bir taş.

Dermanımı arıyorum dokunmaktan öte
alnımda bir iz sahibini arıyorum
aradığım kokuyu secdelerde buluyorum
tüm sevmeleri sana sanıyorum Allahım
kana kana su içen adamları kıskanıyorum
varım yoğum sana doymak istiyorum
bir şeylere doyan her şeye öyle dua ile bakıyorum.

Yüzüm güzelleşiyor seni sevdikçe
her şeyi seni görmeden ama hissederek yaşamak
zorunda kalıyorum...

Bir gece bir yemin ettim. Kuzineli sobanın üzerinde yanık kestaneler aklına geldiğinde bile dayanamayan, gözleri dolan adamın aklına düştüğün o gece bir yemin ettim. Gözlerimin buğusundan burnumun ucunu bile göremiyordum. Alıştığım yalnızlığımdan kafamı kaldırıp gel bile demedim. Ben zaten kâğıtlarla konuşmaya alıştım. Dermanım sende mi, yoksa sen misin dermanım düşüne düşüne onu da karıştırdım. Gerçekle hayalin arasındaki çizgide, yaşamıyorum ama yaşar gibi yapıyorum...

Dem, Düğüm

Ters yönde ilerleyen bir zamanın kıyısındayım. Bilinmez geleceğimin, karanlık geçmişime karışmasını izliyorum. Sol elimin serçeparmağında ince bir ağrı, sağ elimde sensizlik. Bakışlarımı bile gittiğin yöne çeviremiyorum artık. Biliyorum, gidişin sondu. Gidişin sonumdu...

Ve ben yüreğimin ağrıyan bütün eklemlerine ismini kazıdım. Gücü tükenmiş bir ihtiyar siluetine büründü artık umutlarım. Seni beklemek ve seni delicesine arayıp bulamamak, sensizliğin ortasında kaybolmak nasıl bir eziyettir bilir misin?

Küçükken oyuncaklarım kırıldığında hiç ağlamazdım. Büyüyünce oyuncaklarımın yerine hep kurduğum hayaller kırıldı ben yine ağlamadım. Çünkü biliyordum! Ağlasam da kırılan hiçbir şeyi düzeltip mutlu olamazdım...

Çayı deminden anlarsın
yâri ise ayrılık vakti boğazında bıraktığı düğümden...

Yaşar Gibi Yapıyorsun

En çok da vakte içerliyorsun
severken geçen vakit özlerken geçmiyor.
Bazen geçiyormuş gibi geliyor
hevesleniyorsun
unutuyorum, artık bitti diyorsun ama acı azalmıyor işte.
Acı içten içe büyüyor.
Bazı şarkılar vardır
onları dinleyene kadar sürer unutma planların.
Sonra istemsizce denk geliyorsun o şarkılara
günlerden de gece ise midene bir ağrı giriyor
burnunun ucuna sızı, boğazına da bir düğüm.

İzahı yok bunun.
Bir yerden sonra sanki yaşıyormuşsun gibi yapıyorsun işte...

Aşkın acı zehrini. Kendimi kendimde tüketiyorum. Ve ben tükendikçe sen daha da fazlalaşıyorsun. Dinmeyen şiddetli bir yağmur avuçlarımda biriktiriyor bütün "sen" kırıntılarını, onları da saklıyorum sana ve sensizliğe dair her bir zerreyi sakladığım gibi...

Yağdı Yağacak Bir Özlem

Yağmur, Çay ve Şiir dışında hiçbir şeyle
dem tutamıyor yürek
nasıl elindeki çay demli ve sıcaksa benim halim de
öyle sana...
Ötesi yok işte bu yürek bir sana demli.
Seni, Allah biliyor ya, çok seviyorum...
Vuslat yakındır yâr inşallah...

Rabbim nasip etmeden önce sert rüzgârlar estirirmiş. Öyle zor günler geçiriyorum ki... Senden sonra tek bir an gözlerimdeki buğu çözülmedi. Durağan bir ağlama hali üzerimde. Ama inancım acıların üstesinden geliyor. Ben inanıyorum bu sevdaya daha sert essin rüzgârlar, güneşe haber salsınlar bir gün en tepeye çıkacak, altında iki yürek ellerini Rabb'e açacak.

Güneş batmaya utanacak
Hikmet'in sol yanına Elif'i yağacak...

10 Sene Geçti

Şu telefon sesleri... 10 sene geçti sanki her çağrı senden bir haber getirecek gibi bir umut barındırıyor içinde. Ya da ben sanki senden gibi dinliyorum sesleri. Sanki her tohum ben açacaksın. Zaten her tohum Elif gibi dimdik yükselmez mi dünyada? Her bebek boyluca büyümez mi? Yani anlayacağın arada nefes alıyorum, nefes almamı bile sana yoruyorum. Herhalde şehrime geldi diyorum. Sevdiğim kadın şehrime geldi ki ben nefes alabiliyorum.

Şu kapı sesleri... 10 sene geçti. Sanki her tıktan sonra sen girecekmişsin gibi içeri. Ya da ben her gelmeleri sana benzetiyorum. Neredeyse anamın babamın gelmelerini bile sana yoruyorum. Elif'im, yârim mi geldi diyorum. Sen bir kere gittin ya nasıl seveyim gitmeleri? Ne kadar vakte ihtiyacım var gitmeni kaldırabilmek için bilmiyorum ama ben her kapı açılışını sana benzetiyorum. Geldi mi diyorum derin bir nefes alıyorum. Gelme ihtimalin bile öyle bir umut işte bu garibe.

Ya o yağmurlar?... 10 sene geçti. Sanki yanımdaymışsın gibi yağmaya devam ediyor. Tek farkı daha fazla. Sen gittiğinden beri sevmeyi bilen adamların sayısı arttı. Seni saklıyorum yüreğimde, sevdamı anlatıyorum sevilmeyi hak eden başka Elif'ler de belki vardır diye.

Yağmur yetişmeye çalışıyor bana ağlamakta. Sen gittiğinden beri daha çok yağmur yağıyor İstanbul'a. Sebebi ne buzullar ne kutuplar; gözlerime yetişmek için durmadan ağlıyor.

Ben mi Unuttum Seni?

Gözlerim kurusun, ben mi unutacağım seni?
Sor onlara çiçeğim
avuçlarına kadar seni çizen adam mı unuttu seni?
Gözleri, baharda açan mor menekşeleri bile
göremeyen insanlar mı diyor bunu?
Bizim sevdamız kendine başka bir dil seçti
ince parmaklı sevdiğim
sakalları sen kokan adam mı unutmuş seni?

Her sabah pencerenin önündeki çiçeğe uzanır elim
yüzüne tebessüm eden güneş öper alnından her sabah
senden uzak yerlere seni tarif ediyorum, güzelleşiyorlar.
Çiçekleri kıskandıran yârim
ömürlerinde bir kafiyeye sebep olamamış
yağmurun koktuğundan bile haberi olmayan
insan mı diyor bunu?

Seni unutmuşum, öyle mi?
Yüreğin ferah olsun
yazdığım kitaplar ne kadar buruşsa da gözyaşımdan
bekleyeceğim seni.
Yürüdüğümüz sokakları hatırlıyor musun bilmem
daha fazla açası geliyor çiçeklerin
hüznün hatıralarımıza ihtiyacı var sanki
hüznün yüzüm kadar yakıştığı bir yer yok sanki.
Şiirlere benzeyen yerlerde beni bulacaksın.

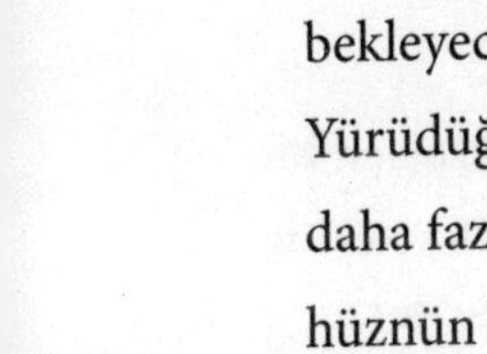

Üç Kelebek Hikâyesi

Bir zaman üç kelebek birlikte gezerlerken ateşi görürler. Merak ederler nedir ateş? Ve sonunda öğrenmeye karar verirler. Birinci kelebek biraz yaklaşır, geri döndüğünde şöyle der:

"Ateş, etrafına ışık veren bir şeydir."

Bu tarifi yeterli bulmayan ikinci kelebek de gider ateşin yanına, birinci kelebekten daha fazla yaklaşır ateşe, geri döndüğünde şöyle der:

"Ateş, etrafına ışık ve ısı veren bir şeydir."

Ancak kafalarında hâlâ soru işaretleri vardır ve tam olarak öğrenmek isterler ateşin ne olduğunu. Bu sefer üçüncü kelebek gider ateşin ne olduğunu öğrenmeye. Ateşe doğru yaklaştıkça ışık verdiğini anlar, biraz daha yaklaşır ve ısı verdiğini de anlar tekrardan ama bunlar yeterli değildir, biraz daha yaklaşır ateşe derken ateşe kapılır ve yanar.

Üçüncü kelebek anlamıştır ateşin yakıcı bir şey olduğunu ancak bunu dönüp arkadaşlarına söyleyemez. Sevgi ve bağlılık da ateşe benzer. Yakıcıdır, kavurur içine düşeni. Gerçek sevgiyi yakalayabilenin içinde bir kor yanar durur. Ancak bunu kendinden başka kimse bilmez... Anlamak için ne bakmak ne de yakınlaşmak yeterli değildir. Yanmak gerekir...

Kelebek hikâyesindeki gibi gidip gelmeyen kelebeği seçtim ben. Aşk yükü ağır gelip kaldıramayanlar, sevdiğini unutanlar o yolun bir lokmasına doyup geri dönenlerdi. Sevdim diye anlatsalar nefesleri boşa giderdi. Onlar uzaklaşıyor ben yaklaşıyorum.

Arkama aldım dünyayı her geçen gün biraz küçülüyor dünya, her geçen gün biraz daha büyüyor sevdam. Her geçen gün sırtladığım derdimin izleri demleniyor yüreğimde. Bir Elif miktarınca dem lazım diyorum, elinden buharı üzerinde harmanlı çayını özlüyorum.

Yaklaştıkça yanıyor nefsimin gözleri bakamıyorum kimseye, sana yeminli gibiyim. Yaklaşıyorum sana her yelkovan turunda. Beşeri kalıntılarım azalıyor, her secdede gözlerimi büyülüyor, aydınlık hakikate gidiyorum. Yemin ettim yanana kadar devam edeceğim, dönmek nedir? Artık bilmiyorum!

Bir Bakış

Yüreğimin ağrımasından biliyorum,
yâre hasret vakti geldiğini.
Yürek ağrır mı, hem de kırılarak boğazına takılır parçaları,
yutkunamazsınız.
Bazen bir bakış eksik kaldığını hissedersin,
bazen de bir sarılış.
Bazen bir sevmek eksik kalırsın, sanki kalbin yokmuş ve
yaşamak zorundaymışçasına.

Bazen kafiye aramazsın adımlarında
öyle bir bakarsın ki her bakışına şiir yazılır bazen.
Bazen öyle şiir bakarsın ki hayata,
sebepsiz bir hüzün lütfedilir sana.
Eğer adı Elif olan her şeyi ona benzetmeye başladıysan
ne yazılacak şiir kalmıştır artık, ne okunacak kelam.

Belki, yağmurlu gecelerdeki bir duan.
Soluk gözler karamsarlığı değil
sınavı bitirip herkesi dışarıdan izlemeyi anlatır bazen.
Bazen anlarsın ki anlatılmak istenen şeyin
anlamaktan öte olduğunu.
Bir ağaca sarılmak gibi mesela.
Kopardığın ısırgan otu dalıyla bir karınca yuvasını eşelemek
meraktan öte bu, sevdiğine sarılır gibi
beni anlamanı beklemiyorum,
istediğim tek şey ışıkların açılmaması...
Böyle iyi, sevdiğin yanındaymış gibi sanki...

Kalem Seni Bana Yazıyor

Ne kadar zor yaşamak? Öylesine kolay mı? Ölesiye zor mu?

En fazlası 70 yıl süren bu yolculukta ne tarafa bakmak lazım? Dışarıda mı olmalı gözümüz; yollarda, kırlarda çok anlayamadığımız manzarada mı? Yoksa gözlerimizi kapatıp içimize mi bakmalıyız? Sevda dediğimiz şey, dışarıda hızlıca yanımızdan geçen şeyler midir? Onlara geçici hayranlığımız mı? Yoksa içimizde daim olan mı?

Eğer yolumuzu Hakk'a olandan seçtiysek, bakacağımız yer bellidir. Birlikte Hak yolunda yürüyemeyeceğin şeyin adı sevda olmaz, gaflet olur. Bir bütündür sevda. Öyle bir bütündür ki; gözün dünyaya bakarken, kalbin tek bir sevdaya bakar aslında. Şükür edersin sahip olduğun sevgilere; anne sevgisi, baba sevgisi, kardeş sevgisi, yâr sevgisi... Onun da üstü, üstün de üstü Allah aşkıdır.

Sevgi bütündür. Sevmeyi vereni seviyorsan, verdiğini de seveceksin. Hepsi, her detay gönül gözüyle bakınca Allah aşkının bir kanıtıdır. Geçiyor ömür gündüzlerden, gecelerden. Ve anlıyor insan hakikati, içinde bulunduğu o sevda halinden...

Hüzne Alışık Geceler

"Bir bilinmezliğin hüznü var yüreğimde..."

Ve yaşamak hakkıyla
hep dem tutar
hüzne karışmış/alışmış gecelerde...

Ve gecelerin hakkını vermek
sırtlamak bir sevda yükünü
paylaşmak dervişlerin gecelerdeki yükünü
geceler ki sevdiği/evi dertlilerin...

Gecenin yükü dertlinin sırtındadır. Atlas'ın dünyayı taşıması gibi taşır geceyi dertli. Gittikçe ağırlaşır gece omuzlarında. Örtüp geceyi üstüme, vuruyorum kendimi yine sokaklara. Önüm arkam sen, sokağın başında deniz. Gece denizi de örtmüş her şeyi örttüğü gibi ama saklamak yerine ortaya sermiş yokluğu daha da çıplak hale getirmiş. Yokluk şimdi daha da var. Yokluk daha da büyük. Elimi uzatsam, bütün Boğaz'ın suyunu avuçlasam tek nefeste kana kana içsem, bir bakışın kadar rahatlatmaz beni...

Seni Unutmanın Süresi

Ancak bir martının kanat çırpması kadar
uzun sürüyor seni unutmak.
Güneşin kırmızı ışıltıları henüz dökülmüşken havaya
deniz de nasibini almamışken bu renkten
bir martı geçiyor bazen
benim yanımdayken sana benziyor martılar
öyle özgür, öyle avare, öyle bir tezahürü güzelliğin...

Bir kanat çırpıyor martı tam önümden geçerken
öyle yapmak istediklerim gibi kıpır kıpır
sevdiğinin eteğinden tutunmuş hayaller gibi.
Bir huzur taşıyor sırtında, baktıkça manaya kavuşuyor insan
ve ancak bir martının kanat çırpması kadar
uzun sürüyor seni unutmak.

Ne zaman çıkıyorsun aklımdan? Ne zaman doluyorsun kalbime? Saatle, takvimle ölçülemeyecek bir mesafede duruyor seni unutmak. Öyle yakın, öyle uzak, varla yok arası bir yerde. Şu kadar saat, şu kadar gün değil. Bir martının kanadını çırpması kadar ancak. Rüzgârın bir yaprağın üzerinden geçmesi kadar... Bir çiçeğin üzerine konan arının havalanması, kabaran dalgadaki köpüğün sönmesi kadar. Gideceksen de dönebileceğin yerlere git. Varla yok arası o yere...

İçimize Atıyoruz

Yürüyen cesetlerden ibaret bu koca şehir. Kalplerinde sevgi yoksunluğu, kurumuş bir dal gibi dolaşıyorlar ve farkında değiller. Yağmur da yetmiyor onların kuruluğunu gidermeye, öyle donmuşlar ki asık yüzlerinden hiçbir duygu ihtimali okunmuyor. Ağlayan insan canlıdır, yaşıyordur hâlâ. Çünkü hissediyordur, seviyordur, özlem duyuyordur. Duygudur insanı yaşatan, ruhunu hatırlatan. Yoksa gerisi kurumuş bir beden...

Yüreğimi demirden kaplarsam. Artık işlemez sandım bir bakışın, bir sözün, içime içime, bir ömür! Yine yüreğime değdi, yine deldi geçti, hep sen yerinden eğildi demirler. Eğildi, yandı artık bu yürek dediğim şey manaya büründü.

Koca şehirlerin arasındaki mesafeler de sevdaya dahil miydi?

Ya o koca yılların arasında sıkışmış

geçmeyen zehir zıkkım dakikalar?

O en fena şarkıların dinlendiği geceler?

Neyse...

İçine atmak daha çok yakışıyor âşığa...

Yol

Böyle büyük bir kusursuzluk ve aşk ile yaratılmış bir dünyada üzerine şiir yazılmamış bir sevda ne kadar samimi olabilir ki? Gelmeyeceğini bile bile yıllarca biriktirdiğim dakikalarla ne yapacağımı sandın? Bizi ayıranlardan nefret mi edeyim? Yanık izleri ile yaşamak kolay mı sanıyorsun?

Bu ateşten şerbet bana çok şey öğretti. Senden uzakta, insanların gözünün önünde yandım durdum. Bırak ateşimi söndürebilmeyi, kimse derdimi dinleyemedi bile. Bu şehirde insanlar sadece çalışıyorlar. Sorsan güneşi haberleri yok, sorsan bahçesindeki çiçeklerden haberi yok. Makam müptelası insanların arasında şiire sevdalı bir adam olarak kalmanın imkânsızlığını tahmin edebiliyor musun? İnsanların sevmeye vakitleri yok. Rabb'e para ile mi gidileceğini sanıyorlar? Sahip oldukları dizi kültürüyle mi? Yoksa bir köylü kızının gözlerinden mi?

Bir kez bakabilseydik birbirimize, şehirler birleşirdi. Hem Trabzon'la İstanbul arasında ne kadar mesafe var ki? İnsanlara kalsa bir dünya yolu, bana kalsa bir gece vakti içinde gözlerinin geçtiği bir şiir miktarı.

Seni Yazsam

Bir insanı sevmediğinizi onu dualarınızda
unuttuğunuz zaman anlarsınız.
Seni yazıyorum sanıyorlar.
Seni yazsam, başka kalemler kâğıda küser,
kâğıtları üzmekten korkarım.
O bilinmeyen saklı bir Balat hatırası
surların arkasından çiçekler açar
okuması olsa yağmur bir tek benim üzerime yağar
kâğıtta yanan bu ateş,
bütün yağmurlar üzerine yağsa sönmez...
Saçlarının teli, o hiç görmediğim saçının telini yazsam
o kelimeler kaç insan nefesi keser
kaç kelebeğin ömrünü uzatır.
Seni, saklımı, kaderimi yazsam
kaç insan var bu derdi kaldırır
cana kıymaktan korkarım...

Eylül Hali

Başımı yastığa koyar koymaz uyumalarımı da yanına alıp giden kadın. İstanbul'a yağmur yağıyor. Ya durmazsa bu sefer? Ya hiç bitmezse İstanbul'un seni hatırlatmaları bana? Kaç yağmur daha gerekiyor duaların kabulüne? O kadar ki bu özlem artık, kâğıtlara değil, İstanbul'a yazsam derdimi, bu sevdaların şehri vuslat olur yağardı gökten... Her şeyden önce yağmuru bilecek insan. Yağmurun hazırlığını ve yağmasını. Önce heves ve nefis vardır dışarda, bulutlar toplanır. Sonra sert soğuk rüzgârlar esmeye başlar, bulutlar çarpışır. Yağmur sevdayı saklar ruhunda. O yüzdendir her yağmurda yeniden sevdalanmam.

Bir yanım hep eylül yanığı cümleler!
Sararmış, hazan vurmuş, yağmur yemiş
yağmurun altında cayır cayır yakmış yürekleri...
Bir de hep senli solumun seni çağıran cümlelerine karışmış
harflerin yüreğimdeki geçit töreni...

Dünyanın en özel kadını için kurulmuş cümleler
bıraksam onlar sevecek seni.
Hikmet ölünce
yazdığı şiirler devam edecek sevmeye Elif'i
işte, yüreğim böyle bir eylül hali...

Yağmur bizim şahidimiz. Utangaç bakışlarda da vardı, kokunu bile alamadığım gecelerde de.

İnanmıyorlar yağmurun sen koktuğuna. Seni sevenin yağmura karışası, toprak olası gelir diyorum inanmıyorlar. Aynı gökten aynı sevdaya yağıyor ve biz farklı şehirlerde de olsak aynı yağmurun altında ıslanıyoruz. Ne zaman seni özlesem, aynı anda yağıyor şehrine ve şehrime. Sevdiğim, sanki bu ayrılığa bizden çok yağmur ağlıyor...

Uçurum

Boğazımın ardında biriktirdiğim derdi yazsam, yanağımdan süzülen denizi salsam İstanbul'a, kimin derdi boğulmaz ki?...

Ve sevdiğini öyle özlersin
ölüm sana gözü yaşlı bir ihtiyar gibi...
Bir uçurumun kenarında olsan
yukarı yükselir kâğıda dökemediklerin
dökülür bedenin aşağıya Elif'e en uzak noktandan başlayarak
mutlu dakikalar başlar
içindeki o boşluk
dışarı çıkar
ve sakallarını tarayan o serinlik
yüzünü temizler ıhlamur ağaçlarının nefesi
o boşlukta Elif gelir gözünün önüne
sanırsın ki dağlar size bakıyor
sanırsın ki dağlar gibi gökyüzü de
Elif'in gözlerine benzemeye çalışıyor.

O koca dağların arasından,
ilk kar tanesi bu dertli adamın saçına konar
sonra bir daha ve bir daha ve derdin alır bembeyaz adamı
son dakikasına götürür ömrünün...

Son dakikam da olsa, bakasım gelir yüzüne
bir kök salsam zamana, neyse bedeli dursa.
Yüzüne baksam sımsıcak, nasıl güzel bir müzik o
sıcak bir deniz, bembeyaz bir kum
gözleri görmeyen bir çocuğun hayal etmesi
denizin içindeki bir inciyi...

Bir kez ismini söylese, bir martı gelir
elini elimin üstüne koyar
bir kanadında Elif
bir kanadında Hikmet
hürriyet, özgürlük, cennet nereyse,
oraya doğru kanat çırpar...

Aç Ellerini

Bunun adı sevda, aç ellerini köylü güzelim, bir şehir mesafeden tutarım...

Aç ellerini umudumun anası, huzur ateşim, dinginliğim, kıyını görsem durulur yüreğim...

Aç ellerini çocukluğumun sesi

o günahsız zaman sızsın ellerinden, sür yüzüme, Rabb'e gideyim.

Aç ellerini sesim, tonum, şarkım, ismimi söyle bir kere sesin heceme değsin bir kere...

Sonra bir kadını seversin, adı sende saklı hayaller kurmaya başlarsın. Şiirlere atarsın kendini, yeni manalar umuduyla, dilersin onun sesi değsin hecelerine. Her şeyin çift kişiliğini yakıştırırsın kendine. Bir çiçekteki yaprağın biri sen biri o olur. Uçan kuşun bir kanadında sen bir kanadında o oturur. İstersin ki ismin onun sesiyle buluşsun, çınlasın dünyanın mana denizinde. Sırf onun dudaklarından dökülmek için ismini bir dizeye yazarsın.

Kabulümdün

Eskiler derler ya şuramda bir sızı var, işte tam şuracığımda...
Yeni doğan bir kuş çırpınışı gibi
düğümlenmiş sözler yumağı.
Söylesem ağlar, söylemesem yâr...
"Rabbim şu içimde sızlayan acının nasibine yaz beni..."

Şahidim, yanımdayken hatta yakınımdayken sen
yağmur beşeriyetten ayrı yağardı.
Bakışların varsa gecem olmazdı...
Bizim ıhlamurun altında otururdu gözlerin
gözlerin ki şifam, gözlerin ki yurdum,
bakar bakar yaşardım...
Öyle bir noktada ki sağa baksan uçsuz bucaksız bir yeşillik,
dağlar ve ormanlar...
Sola baksan masmavi bir özgürlük, dalgalar ve martılar...

Ayırt etmeksizin her zerren kabulümdü...
Ve gittin, sevdiğim senden gelecekse eğer
gitmen de kabulümdü...

Çünkü bilirim ki
âşık dediğin derdini sevecek, çok mu düştün
Allah'tan isteyeceksin...
Seni o kaldırsın ki kimseler yıkamasın.

Geç Kalmak

Gözlerimin uzağa daldığına bakma, içimin ırağındayım. İnsan, bazen geç kalıyor. Bir çaya, bir duaya. Birine. Bazen de birbirine. Erteleyip duruyor, sevmeyi de sevdiğini söylemeyi de.

Oysaki öğrenmemiş miydik, *"Seven sevdiğine, sevdiğini söylesin!"*

Neydi o halde geç kalmalarımıza sebep? Ya ertelediklerimizi döndüğümüzde bulamazsak yerinde? Öyle ya ettiği duaları bile değişirken insanın.

Sen geçersin
insan geçer
dünya bir gün dönmekten geçer...
Sevda bile bazen geçer
gözleri nemlenmeyen
ve seviyorum demeyen her sevda bir gün geçer
nefesini de alır, dualarını da alır göçer gider...

Hani kaldırımlarını bile sevmediğin başlarsın bu dünyanın, hani köydeki teyzelerden duymuşsundur ilk, "Çocuğum eriğin çekirdeğini atma, toprağa göm ki ağaç olsun." Artık, o çocuk ellere toprağı eşeleten akıl değil sevdadır ya...

İşte benim de gözlerine tutuluşum aklımdan değil sevdamdandır.

Allah'a Dost Olmak

Ne dostlar edindik, ne dostlar geldi geçti. Kimlere dost demişiz öyle, kimlere güvenmişiz. Ona güzel görünmeye çalıştık, bununla iyi geçinmeye çalıştık. İşi düşen ahbabımız oldu, işi düşmeyen ne aradı, ne sordu. Oysaki kime dostluk etmek gerek Fesleğen'im, kimi yâr edinip bir yanımızı emanet etmek gerek?

Kimlere yarandık, yaranmak için neler yaptık. Peki, Yaradan'a yaranmak için ne yaptık? Parmağın kesilse sarmayacak insanlara kendimizi sevdirmek için yaptıklarımızı, O'nun için yaptık mı? O'nun bizi sevmesi için bir şey yaptık mı?

Bir hikâye gönüllere derman olsun:

Bir cuma vakti cemaat tek tük camiye girmekte. Meşhur imam Abdürrezzak Hoca kürsüde. Girenlerin arasında Hızır da var. Hz. Hızır cemaatten biri gibi gidiyor, bir köşede oturuyor. Kürsüde imam sohbete başlıyor, çok feyizli bir sohbet oluyor.

Hz. Hızır'ın yanına kırklarında bir adam gelip oturuyor. Cami yavaş yavaş dolmakta. Adam, bir müddet sonra uyuklar bir vaziyette sallanıyor, ha uyudu ha uyuyacak.

Hızır adamı dürtükleyip, "Bu sohbet kaçmaz, uyuyacaksın" der.

Adam, "Uyumam, beni rahat bırak" diye cevap verir.

Hızır ses etmez; ancak sohbet de çok feyizlidir. Adam ha uyudu ha uyuyacak bir durumdayken, Hz. Hızır bir daha dürtükleyerek "Uyuyacaksın dedim!" der.

Adam, "Ben de sana uyumam, beni rahat bırak dedim!" der ve ekler: "Biz feyzimizi Abdürrezzak'tan değil, Rezzak olan Allah'tan alıyoruz. Rahat bırak beni. Yoksa senin Hızır olduğunu söylersem, bu cemaatten yakanı zor kurtarırsın."

Hz. Hızır şaşırır, susar ve gözlerini kapar, boynunu büker, Allah'a yönelerek, "Ya Rab! Bu nasıl iştir, bendeki listede bu zatın ismi yok!" der. Cenab-ı Hak lisanı münasiple cevap verir:

"Ya Hızır! Sana verdiğim liste beni sevenlerin listesidir. Bir de bende bir liste var ki, o da benim sevdiklerimin listesidir..."

Seviyorum dediklerimiz arasında kaçıncı sıraya koyduk O'nu? Peki, O bizi sevdikleri arasında kaçıncı sıraya koydu? Böyle iki mühim mesele varken nasıl olur da Mevlana'nın dediği gibi altın ve gümüşün peşinden koşar dururuz? Hakk'ın sevdiklerinden, dost edindiklerinden olmak duasıyla...

Yolumuz

Yüreğimin, aklımın, dilimin, avuçlarımın seslendiği senin ismindir. Sen de öyle bir gelsen ki, gelişin uyanışım olsa. Karanlıkların içinde bembeyaz ışıklarla yazılmış ismin olsa. Ne harama, ne yalana, ne ziyana bulaşmadan bir tek, yegâne gidişimiz Hayy'a olsa...

Allah gerçek aşkı yüreğimize değdirirse kendimize kavuşanlardan oluruz. Gerçek aşkı bilenlerin ilk açtığı kapı kendilerini bilmeleri olmuştur. Ondandır ki "Kendini bilen, Rabb'ini bilir" denir. Önce kendimizi bilelim ve sonra asıl olan aşka talip olalım. Yukarı baktığımızda ölecek kuşlardaki değil, hep var olacak gökyüzündeki aşkı görelim.

Ah biçare gönlüm devasını bir tek Hak'ta arar.
Yollar çok olsa da aşkın yolunda varışını Hayy'a yorar...

Seni Getirmek İçin

Ne lazım seni geri getirmek için?

Yazık değil mi bu satırlara, nasıl bir kafiye yakalamalıyım seni getirmek için? Kaç anne daha ağlayacak bunları okurken? Takvimlerde yaprak kalmadı, kaç tur daha atacak akreple yelkovan? Kaç sevdanın bitmesini bekleyeceğiz göz göre göre? Mutluluğun tarifine geçme vakti gelmedi mi be köylü güzelim?

Gelmen için dağlarla denizleri mi birleştireyim?

Dert bırakmasam dünyada, hepsini üzerime alsam, kanasa omuzlarım gelir misin?

Sensizlik dışında ne varsa sırtlasam taşısam bir ömür boyu gelir misin?

Yetimlerin, öksüzlerin anası babası olsam, dünyada bir tane aç bırakmasam gelir misin sevdiğim?

Bir kere adımı söylesen, yemin ederim şükredeceğim. Sensiz olmuyor, olmayacak da. Rabbim yerini dolduracak hiçbir şey yaratmamış sanki bu dünyada, zaten bir tek O'nun merhametine sığınıyorum.

Gel artık, yeter ağladığım, ağlattığım...

Gel artık, mutluluğun kitabını birlikte yazalım...

Beyaz

Evlilik, sevdiğinin malına mülküne ortak olmak değil
iman dolu yüreğine talip olmaktır.
Beyaz vuslat rengiymiş...
Adını her kâğıda yazdığımdan beri
beyazı daha bir sever oldum.
Çünkü her beyaz kâğıda seni yazmak, murat etmek aslında...
Bazen ne kadar çok yazarsam, o kadar yakın oluyorsun...
O bembeyaz yüzünü anlatacak bir kelime bulamam...

Şimdi beyaza bürünen ne varsa
sevdama dua diye ekliyorum...

O eşsiz tepesi karlı dağ doruklarından, baharda çiçeklenen ağaçlara, gökyüzünde pamuk pamuk sevda yazan bulutlara kadar adını haykırıyorum. Ses oluyor sesime.

Ah beyazı en çok sende sevdiğim, beyaz gülüm.
Gelirsen eğer, düğün mü denir buna bilmem ama
benim boğazımdaki tüm özlemlerin çözüldüğü gün olur...

Allah için sevdiğim
Rabb'e bile kavuşurken kefeni beyazdır insanın.
İnşallah bizim de iki beyazımız olacak
biri Rabb'e kavuşurken
biri de elin elime değdiği o ilk günde
hasreti bir gönül düğününde yolcularken...

Öyle güzel bir kadın yazarsın ki, nefesini, tüm bildiklerini, emeğini, o alınterini her şeyini onunla bitirmek isteyecek kadar, kitabını onunla bitirecek kadar. Elif gibi sevecek kadar.

Gözlerin İki Kere Yeşil

Dünya tacının en güzel taşı İstanbul'un sensiz tadı yok.
Nasıl olsun, Elif'siz bir alfabe mümkün mü?
Kim Elif demeden bir sevda tanımı yapabilir ki?
Hangi kafiye Elif'ten daha güzel olabilir?
Hangi kelimenin içinde mevcut değildir Elif?
İçinin de içinde sevme hali bu.
Kelime değil, harfti adın
tek harf, tek ses, tek nefes
Elif, gözlerin iki kere yeşil...
Saçların, hiç görmedim...
İşte öyle sevdim ben seni...

Şehirli bir çocuğun köy sofrasına özlemi gibi sevdim seni...
Yine bir gece, yine hüzün, gözbebeklerim yağmurlu yine.
Velhasıl derdim çok, en büyüğü s*ns*zl*k
yazacak cesaretim yok...
Sevenlerin avucunun içinde aslında her şey
isteyin diyor Allah, isteyin ki vereyim
sevin diyor, hakkıyla sevin ki sevdireyim...

Uzun Cümleler

Geceyle sabahın o hüzünlü ayrılık anında
ben en çok o an gibi seviyorum seni...
Hele bir de yağmur gelip, gıdası gibi düşerse toprağa
huzur sen tanımına karışıyor bu vakitler...
Artık uzun cümleler kuruyorum
yüzünü gözünü yanımdaymışçasına yazınca yetmiyor harfler.
Kalem bile yorgun düşüyor bazen.
Yazmaktan yorulmuyorum da
korkuyorum gözlerine bakarken ara vermekten.
Toprağın suya doyarken dışarıya bıraktığı
kokuyu alamamaktan...

Boğazda bir düğüm oluşur ya, acı verir hani. Boğazımda düğümün oluşmadığı anlar acı veriyor bana ya seni unutmaya alışırsam diyorum. Ya sevmek biterse?... Yok yok, aklım bedenimden geçer de kalbim ruhumdan geçmez. Kolay mı bu kadar severken sevmeyi sahiplenmemek?...

Mutluluğumu kimse bozamaz değil, ben mutluluğumu dilemiyorum ki. Acı da olsa ayrılık da olsa sevdam başım gözüm üstüne...

Sevdan ki; yağmura karışan kokunun anlamı. Sevdan ki doğan güneşin ışığı. Sevdan ki içtiğim çayın demi. Sevdan ki Allah'ı bana öğreten. Şimdi söyle, nasıl geçilir bu sevdadan? Nasıl geçilir sevdiğim, nasıl?

Duçar

Adımı bir kez söylesen, son nefesini verirdi
şehrimdeki kötülük.
Bir Elif sesi esse beriden, duymayıvereyim
vallahi yeterdin bana.
Bir su olsan aksan gönlüme, günahlarım utanır terk ederdi.
Gözlerin eşlik etse ömrüme,
açılırdı cennet kapısı vallahi kendinden.
Bir çift dem çiçeğidir sanki gözlerin
öyle içli, öyle yumuşak, öyle derin...

Küçük bir çocuğun ağzından zamanın tanımı
hiçbir nazarda eskimeyip kalan taze bir bahar havası!

Soluğunla yeşeren cam bardağın bıraktığı iz bile
ayrı bir mateme vururken, gözlerine duçar şiirlerim...

Aşk Hissiyatı

Tarifinde zorlandığım bir boşluktur *aşk*, hiçbir şey yapasın gelmez. Susmak, kimseyi istememek, yalnızlıktan da korkmak. Çok karışık. Tarifsiz. Yüzünü görene kadar susasın gelir. Her kaybı göze alırsın gözlerine bir kez daha bakabilmek için. Sanki herkes gitmiştir, koca dünya nüfusu bir "o" gelir adama. Değişiktir.

Kalabalık bir masada yemek yersin insanlarla, kimse inanmaz ki ama karşındadır işte, sana bakıyordur. O günahsız yüz sana bakıyordur, bakışları günahlarını döküyordur. Güzele bakmak sevaptır sözü onun yüzünden türemiştir sanki. Hem için doludur, anlatmak istersin, hem ne anlatacak insan bulabilirsin yüreğini korkmadan açabileceğin hem de dile gelmez hissettiklerin. İşte *aşk* böyle bir şey. Kilitler insanı. Bir balığın suda yaşama çabaları. Ne mümkün tarifi? Nefes mi alabiliyorsun ki derdini anlatabilesin? Bu karışık odayı açacak tek anahtar yüzüdür. Cennet yüzü. Baksa da açsa ya. Toplasa bu derbeder halini. Elinden tutsa.

Kulağına daha önce hiç duymadığın bir söz fısıldasa.
Tüylerin diken diken olsa.
Sanki bir kez tekrarlasan ona kavuşacaksın...
Sanki Azrail gelse canını almaya tam şimdi, bu vakit
sadece tebessüm edeceksin...

Eylül

Bilmiyorum hangi kelimenin eteğine asılıp
ayan edeyim halimi?
Eylülden kalma yanımla mı
yaprak yaprak dökeyim heceleri?
Temmuzdan kalma yanıklarımla mı
kelimelerin gölgesine iliştireyim sevgimi?
Ya da kışın beyazına bürüyüp, her cümlede manayı
bir ömür gönlüme gelin mi edeyim seni, bir eylül akşamı?...

Vakit yine uykuyu yok sayarak özlemin aşkı
Elif vurduğu anlar.
Ve kalemi eksik etmediğim elimde,
dağılıyor mürekkebim sayfalarda
harfler sanki damla damla çözüldükçe kâğıdı aşka boyuyor.
Eksilmese yağmurlar eylülümden.
Eylül ki seninle yağan
seninle başlayan içimin sevda mevsimi.

Seni tanıdığımda yeşil bir gökyüzünden
renkli yağmurlar yağıyordu.
Her damlası tenime değdikçe, ıslandıkça...
Rahmetinden sual olunmayan Rabb'ime
şükürleri dilime ezber ettiriyordum...

Ve sen eylül misali yağmurları eksik etmeyen
yağmurdan daha fazla bir seni sevdiğim...
Ben bugün yine yağmurlara karıştım
yeşil bir gökyüzünden değil, yeşil bir göz yüzünden...
Sakın seni suçladığımı sanma
içimin yağmurları, ömrümün rahmeti oldu.
Rabb'ime yolum oldu...
Rızkım bu sevda, şükrüm bu sevda.
Bir yandan yine derdim de dermanım da bu sevda oldu...

Sevdama Doğru

Dokunuyor işte, satırlara yazılanın ırağında kalmak!
Ve bile bile her nefesi belki diye almak.
İnanıyorum deyip teğetinde yaşamak...

Belki bir gün
özgürce hep hayalini kurduğum yürek gökyüzünde
özgürce uçmak...
Her gün en yükseğe çıkıp düşmeden,
kanatlarım incinmeden...
Sadece uçmak! Sevdiğime doğru, inandıklarıma doğru
özgürlüğe ve sevdama doğru...

Hadi sen bir tevafuk ol, gel yüreğime...

Irmak bir ağacın kenarından akar ve gider. Sormaz ne olup bitiyor diye. Çayırlıklardan geçer ve gider. Ağaç onu sever, çayırlar onu sever. Birlikte sevgilidirler. Karşılıklı beklenti ya da çıkar peşinde değildirler. Ağaç rüzgâra koku verir, çiçek rüzgâra polen verir, ırmak bunlara su verir. Ve herkes işine bakar gider.

Ama biz insanlar anayolumuzu karşı cinsin üzerine inşa etmeyi seçince kavgalar bitmiyor. Sevgiyi, huzuru karşı taraftan bekliyoruz. İlgiyi, onaylanmayı, sarmalanmayı... Karşımızdaki bir boşluk doldurma aracına dönüşüyor. Cümleyi tamamlaması gereken bir nokta oluyor, olmazsa sanki tüm cümleler eksik kalıyor. Oysa sevgi insanın içinde olur. Karşıdan gelmez. Sen kendi cümleni kendin tamamla. Kendine uzanan cümlenin noktası da sen ol, virgülü de. Tamamlanmış bir hikâyenin eşlikçisini ara.

Yürekteki Sokak Lambaları

Ah yine telaşlı yüreğim! Düşünceler paramparça. Hangi gizemin arkasında saklı dua dua belirginliğin? Söyle bileyim! Hangi sokaktan geçmek gerekiyor, hangi kapıyı çalmak, hangi çayın deminde boğulan kelimenin sessizliğinde? Duadır adın bilirim, yol olsun uzun olsun ben yine de yürürüm. Ama bırakma beni siyahtan daha kara düşüncelere. Neden bu yabancılığın? Bekle bir bak! Hangi girdabın deli merkezinde sana ulaşayım? Hadi söyle, yüzsem de yüzemesem de atlayacağım. Dönüp dolanıp yine ve yeniden hep seni bulayım...

Ne yaşın hükmü vardır ne de aklın bazen! Öyle...
Hüzünlü kelimelerden ibaret kabarık hayat ifadeleri yer alır
kalbin kimsesiz sokaklarında.
Kimsesizdir içindeki sokaklar.
O gitmiştir çünkü ve sen kimseyi yakıştıramazsın
yüreğindeki kaldırımlara.

Her gece anılardan kalma sokak lambalarından
birinin altına oturursun
ve yazasın gelir sevdiğine.
Sessizliğin bile ağlayası, ete kemiğe bürünüp
dertleşesi gelir seninle.

Yazdığın her satır biraz tükeniştir biraz da diriliş
kalemin kâğıda her değmesi bir geçiş
en sonunda hepsi birer Allah'a yöneliş...

Mürekkebi Dağınık Yazılar...

Ne zaman yazacak olsam birkaç damla ıslatıyor önce kâğıdı. Ne zaman yazacak olsam dediğime bakma, her an içim zaten senken dilim, elim derman bulursa, nefesin bugün de sen demeyi başarabilirse yazıyorum. Çünkü yazmak da değil; bu sana susamak, sana yanmak, sana kanamak, sana boyanmak... Sana!... "Bir Elif miktarınca..."

Elif, öyle ağır geliyor demesi. Öyle bir mana. Söylerken dilim, kaldırmıyor, bu beden gözlerimden taşıyor kâğıda. Dile getiremediğim dualar gözlerimden akıyor kâğıda. Yüreğim Elif'e taşıyor, gözlerim kâğıtlarda mürekkepleri dağıtıyor. Derbeder halde bekliyorum yüzünü göreceğim günü.

Parmak uçlarım bile seni hisseder gibi tutuyor kalemi... Öyle titreyen, öyle mahcup, öyle korkarak... Yazarken bile seni yazamamanın hakkını verememekten korkuyorum. Hani bu sevdanın yüreğe rahmet oluşu gibi satırlarımın da senin rızkını versin istiyorum. Gözlerimi bile açmıyorum bazen yazarken. Elif. Hayalin... Hayalinden öte Yaradan'a her gün şükrettim varlığının silueti gözlerimin önünden kaybolmasın diye... Yazarken bir adım daha yakın oluyorum. Hele dünyada gördüğün en güzel şey deseler, gözlerinin ötesine geçemeyeceğim o yeşil, o cennet gözlerin. Bakıyor ya bana öyle... Işık ışık... Canım, özüm, yaşam sermayem, gönül rızkım... Elif'im. Gözlerimi açmak şöyle dursun, o an ölmek bile düğündür...

Seni yazmak, seni anlatmak. Nefes alışım, yaşamam gibi. Yazmasam kelimeler boğaza düğümlenip, nefes tükenecek...

Bu yüzdendir yazarken önce gözyaşlarım temizliyor gözüme bulaşan sen dışındaki kirleri. Dünyanın boş telaşelerini. Gözümden dünya düşüyor, yüreğime huzur damlıyor. Ah, benim âciz satırlarım seni yazıyor ya, sana değiyor ya... Dilim sana dönüyor ya Elif diye diye!... Şükrüm kalbime ezber. Hamt olsun!

Bir adam bu kadar ağlar mı deseler de umurunda değil. Yine yazarım, yine yanarım. Yüreğime bahşedilen bu sevgi aşk'el yakın iken... Elif iken... İki damla gözyaşının gözlerimi kızartmasından mı utanırım? Tüm okyanusları içime getirsinler ben yürekten ağlarım. Satır satır mürekkebim dağılıp gözyaşlarıma bulanıyor ya ben sana boyanıyorum. Mürekkebi dağınık ama kalbi bir tek sana alışık yazılar yazıyorum...

Başımı kaldırsam kâğıttan gökyüzünde yüzünün binlercesinden. Martılara katılsam, denizlere hürriyetimize kanat çırpsak gözlerinin binlercesinden. Rahmet yağsa gökten kokun diyorum bu dünyadaki tek mükâfatım, yağmur kokulum...

Elif! Bir gün bu can kuruyacak. Yaşamasını beceremediğim şu dünyada adım anılırsa, senin varlığından öte anılmasın!

Allah'a Emanetsin

Nasıl söylenmeliydi?....
Yakınıyoruz sevdadan, sevdası dem tutmayanlardan...
Kalbi ılık olmakla kılıbıklığı bir sayanlardan.
Ruha eğlence aşklar olmamalıydı
ruha hüzün de olsa hoş gelen aşka dem olunmalıydı...
Ah yürek!...
Sevginin imtihanından duasız geçilir miydi hiç?
Yürekten ses vermeyen aşk, dilden ses verse de
boş teneke ile birdi...
Nasıl yazılmalıydı?
Yazılıyor yüzlerce sevdaya dair kelime...

Peki, hangi kelime sırtlanıyor sevdasını bir ömür?
Daha doğrusu bir ömür, iki cihan yazılan
hangi sevdayı sırtlanıyor bir yürek?
Bilmek gerek yazdığında, yüreğine değdirmek gerek...
Sırtlanmak gerek seni nefessiz de bıraksa.

Seni senden de etse...

Yediğin lokmayı zehre döndürse de...

İmtihandır... Dua gerek... Şükür gerek...

Geceye dönerken vakit, kıymeti sevmenin

Allah katındadır diyorum...

Ve bir dua bırakıyorum, her gece gibi üstünü aşkla örten.

Yürek emanetim...

Emanetleri kaybolmayan Allah'a emanetsin.

Sabırla koruk helva, dut yaprağı atlas olur demişler. Sabırda hikmet vardır. Nedir bu hikmet? Mevlana'nın hikâyesinde geçen nohut tanesinden dinler misin sabrın hikâyesini? Tencereye pişsin diye konulan nohut tanesi feryada başlayınca evin hanımı elinde kepçeyle vurup kafasına "Ne zıplarsın tencerenin içinde ey nohut tanesi, piş de aş ol diye koydum seni ateşin üstüne!" demiş. "Neden beni bu ateşlere atıyorsun, madem satın aldın ne diye eziyet ediyorsun?" diye feryadını sürdürünce nohut tanesi bu kez "Ben sana eziyet etmiyorum, piş de cana karış, olgunlaş diye uğraşıyorum!" demiş evin hanımı. Kahırda rahmet vardır. Sabırdır kuvveti doğuran, ruha irade, kalbe ferahlık veren.

Beklemeler Feda Olsun

Çok söze gerek duymuyorum bazen.
Yoruyor asılı kalmış cümleleri taşımak.
Sessiz, sözsüz konuşuyorum.
Dilimin döndüğünce değil, kalbimin attığınca
ses veriyorum...
Dua ediyorum...
Seviyorum...
Ve biliyorum herkes nasibince yaşar hayatı.
Tevekkül boyutu bize düşen.

El eyledi, dil söyledi, kalpte birikti...
Velhasıl beklemek aşkın sabır yüzüydü.
Beklemek seni getirecekse gelecekte
bu dünyadaki tüm beklemeleri sırtıma yüklesinler,
sana feda olsun.

Hani bazen yazdığın bütün şiirler anlamsız gelir, boş bir defter yaprağı gibi hissedersin kendini kalabalık bir kitapçıda. Korkarsın boşluktan, her şey anlamsız gelir sana. Sonra bir şair gelir bulur seni tozlanmış kitapların arasında. Açar kitabın kapağını başlar karıştırmaya. Bir şairin okuması için yazılmış, okunmayı bekleyen ilk mısra dökülür dudaklardan:

"Bu cümle kendisini okuyacak şairini bekliyor."

Ayrılık Hükmü

Her şey yerinde güzeldir. Güneş dünya üzerinde, Allah'ın ona çizdiği o müthiş noktada etkilidir. Öyle bir yaratmıştır ki tüm dengeler öyle hassas kurulmuştur ki bakınca "Allah!" dedirtir. Güneş biraz uzak olsa donarsın. Biraz yakın olsa yanarsın. Kısaca biraz yaklaşsa ya da uzaklaşsa yok eder varlığı.

Öyle saf, temiz kökler saldım ki senden uzaklara.
Hasretin yakıyor biraz ama burası iyi be sevgili.
Alıştım hasretine, vuslatı kaldırmaz bu beden.
Yanarım, yakar beni varlığın.
Orada kal. Sensizken yüzmeyi öğrendim mana denizinde.
Araya sen girersen, suret girer.
Siretindedir benim sevdam.

Yana yana dünya küçüldü, önemsizleşti.
Yanımda olmana gerek yok her yer sen zaten
bozmayalım büyüyü.
Biliyorum bu bir intihar ama gelme sevgili.
Gel desem de gelme.
Hasretinin demini tattım, yetti bana.
Şükürler olsun varlığını idrak ettiren Rabb'ime.

Edep Şerbeti

Çünkü insan dik başlıdır, hep uzağı görür gözleri. Helalin yanı başındayken bir nar-ı ateş merakına tutulur. İnsan manzarayı karşısına alıp, yasaklı zehir şerbeti içer mi? İçiyor işte, şeytanın işleri. İnsan dik başlıdır, hep uzakta arar sevgiyi. Demiyor mu, "Ben size şahdamarınızdan da yakınım" diye. Diyor da kime? Hangi kulağa?

Issız sokaklarda bile başım yerde sevdiğim. Tarif ettiğimiz bu yolda içtiğimiz tek içecek edep şerbetidir. Başımı kaldıracak olsam, yakışır mıyım Elif'ime diyorum. Namazı aksatacak olsam seni isterken Rabb'imden yüzüm kalır mı diyorum. Bir küçük çocuk utangaçlığında seviyorum seni. Çocukken teyzelerin içinde söylermişim ben Elif'i seviyorum diye, büyük adam olunca da kitaplara yazdım sevdamı. İlk senin söylediğin tabir üzerime yapıştı "sakalları şiir kokan adam"ınım ben senin. Bilmiyorum ne kadar yakıştı. İçinde Elif geçen hangi şiir kötü olabilir ki?

Elif gibi sevmenin verdiği sorumluluk
beşeriyet hevesine son verdirir
yüreğimize yerleşen hayr,
kiloyla dünya altınından daha ağır gelir.
Nasıl sevdiğimizi anlatsak,
idam sehpasındaki adam tebessüm eder.
Siyah bir gül koklayan kelebek yüzünü görse,
ertesi güne çıkası gelir.

Kuş Olsam

Gölgen hatıra evimde. Işıkları açmıyorum. İşte o kadar seviyorum ben seni. Sen gittin ya diyorum, bakacak yüz gitti. Bakacak göz gitti diyorum. Değecek tene tövbeler olsun. Sen gittin ya, huzurum gitti. Sadece ben değil, tüm sevmeler gitti. Sesler de gitti mi? Hayır. Sadece sesler kaldı, her ses ayak sesin sanki. Her deniz kenarı sen. Dalgalar Trabzon'dan haberini alıp, İstanbul'a vuruyor. Sanıyorlar ki hava ağır, dalgalar ondan. Hayır diyorum, dün gece çok özledim. Öyle özledim, İstanbul kaldıramıyor sevdamı.

Hayal kurmayı unutmak ağır gelirmiş sevdalıya. Elimde kâğıt kalem, hiçbir zaman idam edilmeyecek bir idam mahkûmu gibiyim. Kâğıtlar doydu artık sana. Sensizlikte buldum yolumu. Sensiz yürüyecek yol kalmadı.

Bir kuş olsam...
Kursağıma dolan özlemle yol alsam.
Duayı kanat, özlemi katık, yâri nefes bilsem...
Derdim Hakk'a muhabbet olsa, hüznüm demini alsa
gece yarısı bir vuslat çıksa gelse...
Hayr olsa diyorum her şey hayr olsa
demlensek de yârin hasretiyle
desek "Gelsen de eyvallah gelmesen de"
yanılsak bu sefer, Rabbim kavuştursa...

Sevda Celladı

Nehirlerin boynu bükük,
bir sevda varışı arıyorlar akmak için.
Yön Elif diyorum, nehirlerin akışından tanıyorum
senin adresini.
Kim saklayacak seni benden,
hangi akıl yener bir çocuğun duasını?
Gel, gez yürüdüğüm sokakları, her yere yazdım seni
Kız Kulesi, Boğaz'ın adı bile geçmez bu kadar şiirde...

Yüreğimize saplanan o hançerin akıttıklarıyla yazılan yemin bozulur mu? Bu kadar seven adamın elinden sevdiği alınır mı? Gözyaşlarım kadar vücuduna yağmur suyu değmemiş insanlar çıktı sevdamızı bitirdiler. Sabahları soğuk sulardan korkan insanlar ayırdılar bizi. Benim hakkımı boş ver, sensiz gecelerimin hakkını nasıl ödeyecekler? Uykusunu yenemeyenler çıktı bizim sevdamızı bitirdiler, bir nefis rüzgârında hepsi yıkılacaklar.

Ne kadar uzağa götürseler seni, ellerimi açtığımda o kadar çok değiyor ellerin ellerime. O kadar hissediyorum seni yanımda. Dünyayı ceplerine koysan doymazlarken, kilometrelerce uzakta iki satır Elif kâfi bana. Gözlerini bilmek kâfi, sen kâfisin bana. Bir sevda celladı daha işini gördü yine, eyvallah.

Zerre kadar benlik kalsaydı bende, acırdı bir yerim.
Acıyacak bir yer kaldıysa bende, haram olsun bu sevda bana.
Kalmadı bir şey, ne esrem kaldı ne ötrem, baştan aşağı Elif
bir Elif'i mi böleceksin ikiye, alttaki de Elif üstteki de.
Bir inançla mı başa çıkacak bir celladın kindar kılıcı
bir duayı mı yenecek bir celladın küfrü?
Bir kere ağla be cellat, korkma kimse görmez.
Kimse bilmez; el âlem de bilmez, komşular da bilmez.
Ne gururun zedelenir ne adın küçülür.
Karanlığı bile korkutursun, ölümü de yenersin belki!
Ya da boş ver ne de olsa cennet ayaklarının altında...

Ellerinden Öperim

Sevdiceğim derdim sana. Sen de bana güzel adam.
Ben İstanbul'dan eski yüksek tavanlı evden yazardım sana
sen köyden, öyle güzel bakardın ki bana.

Desen ki şehir girdi aramıza
yakardım İstanbul'u söndüremezdi Marmara.
Kör gecelerde kapanmak karanlık odalara,
seni getirmeyecekse
ne edeyim İstanbul'un getirdiklerini bana?

Ne kadar güzel batarsa batsın Bostancı sahilinden güneş
eğer orası girdiyse aramıza, küserdim İstanbul'a.

Bir avare oldum cevabını arıyorum gitmelerin. Tüm gitmeleri çözebilirsin diyorum kendime. Kimse gitmesin, küsmesin nerdeyse gidip bulacağım derdim kendime küçükken. Küçükken derken sana ilk baktığım vakitler. Ben sana baktıktan sonra büyümüşüm. Büyüdükten sonra da sana bakmaya devam edebilecek miyim? Birlikte baktığımız İstanbul'u özlüyor insanlar. O zamanlar biz bakardık, o güzelleşirdi. Senden sonra bakmıyorum İstanbul'a, utanır küser diye "aşk"lara...

Seviyorum

Zaman cengâver bir atlı sanki,
devirip geçiyorken ömrün mevsimlerini
vakitsizliğin vaktinde yokluyor seni.
Derisi yüzülen zaman, hayatın kendisi değil mi?
Yağmur öncesi an gibi tekliyor; bulut bulut akan kalbim...
Usulü aksak bir türkü misali. Harfler uçuşuyor adına benzer
sevda dokunuyor biraz da acıya benzer...
Sonra bırakıyorum kendimi bir duanın içine
birden, gökyüzünün çatısı altında
yokluğunu kokluyorum, yazdan kalma yeşilliklerde...
Dua bu ya, yâre yol alıyorum!
Susuyorum, susuyorum. Seviyorum, seviyorum...
Ve son bir çay daha söylüyorum
bırakıyorum kendimi sensizliğin seninle dolan demine...

Ölünce mi bakabileceğim gözlerine?
Cennete gidersem mi görebileceğim seni?
Ölünce, bedenim, doğduğum yere gömülecek...
Kalbimin attığı ilk yerde, Elif'imi
zerresine kurban olduğum kadını
ilk gördüğüm yere, yani miladımın kıyısına gömülecek...

Üzerimdeki toprak, son şiirimi yazacak dünyaya. Bu sefer kalem değil parçamdan, kanımdan, canımdan yazacağım seni. Bir gelincik çiçeği açacak kalbimin hizasında can özüm, yemin ederim, bir yaprağında ismin yazacak, diğerinde ismim...

En Sevgiliye Çağrı

Heybemdeki ömür duraklarından biri daha. İstanbul'un can bulduğu alanlardan biri olan Eyüp Sultan Camii önü. Taburelerde oturup burada çay içmek, sıcak bir sohbeti yudumlayıp kalbe indirmek gibi. Yazın ortasında bile olsanız kalıcı bir yağmur kokusu vardır avluda. Temiz havanın zihinde oluşturduğu manevi bayram atmosferi "şükür" kelimesinin altını bir kez daha huzurla çizdirir.

Ruhum çocuk hali. Sanki yüreğe sığmıyor da yazasım geliyor. Elimde kendime hediye birkaç kitap. Parmağımla satırları gezip harf harf keşfettiğim hakikati tadıp yürekte vuku bulmasını izlemek demlenmenin en güzel yanı. Yüreğimin nasibini alması duasıyla akşama, ezana karışıyor sessizliğim...

Eğer bir gün yolunuz Eyüp Sultan'a düşerse, avlusunda oturun ve gözlerinizi kapatın. Nereden geldiğini anlamasanız da sevdiğinizin sesini duyacaksınız.

Ve biraz daha beklerseniz, bir ses saracak etrafı ve sevdiğinize çağrılacaksınız. Ezan vakti, haydi bismillah...

Sevdaları Sahiplenmek

Sahipsiz sevmeler ne çok etrafta.
Ne durağı belli ne sonu.
Ne varlığı kesin ne de yolu.
Nasıl yükleniyorlar bu sevda yükünü?
Sevda dediğin soluna yüklenmez miydi?
Soluna yüklesen, solundan etmez miydi?
Ben diyen adamı kendinden edip
sevdiği ile bir etmez miydi?

İstediğimiz yüreğimizi emanet edecek "Helal Sevdalar" değil miydi? Öyle ki ne başkası görünür ne de yalancı bir hayale bürünürdü. En doğrusu özlemle bekleyip alnından öpeceğin ve "Helalim..." diyeceğin o günü beklemek. İşte o gün, kabul etmediği bütün dualarınız için Allah'a şükredeceksiniz. Ve o gün anlayacaksınız vakti geldiğini çay içmenin, dua etmenin ve Elif gibi sevmenin.

Hz. Ali, Fatıma'yı yüreğine emanet bildi, Fatıma ise Ali'yi can özü. Ali, Fatıma'dan başka eş bilmedi iki cihan üzerinde. Fatıma, Ali'den başkasını haram kıldı gözlerine...

Efendimiz (sav) Hz. Aişe'yi kördüğüm bildi, Hz. Aişe efendimizi gönlünün rızkı eyledi. Efendimiz, Aişe'den başka "En sevdiğim..." demedi, Aişe, efendimizden başka Allah'a yol bilmedi...

Ne güzeldi Allah için sevmeler, ey yâr ben de seni Allah için sevdim. Elif dedim, yolum dedim. Ve Aşk-ı Tevekkül eyledim...

Muhabbet

Konuşmak; hele günümüz hallerinde herkesin iki kelimeyi yan yana getirip kurabildiği, kolayca tükettiği sesler. İnsan herkesle konuşabilir ama herkesle muhabbet kuramaz. Muhabbet ki bazen sese bile ihtiyaç duymaz. Mesafeler bile olsa iştiyakla muhabbetini besler sevdiği gönlün. Muhabbet bir sırdır. Görünmez bir bağ ile gönülleri bağlar. Muhabbet hasıl olan artık gönüller birdir. Gönüller bir kere tatmıştır ya bunu, artık o iki gönül birdir.

Peki, kendiyle muhabbet eden ne olur? Kendini bulur. Kendini bilir. Kendini bilen de Rabb'ini bulur.

Muhabbet insanı öyle bir kılar ki muhabbetten saklı olan sır yayılır. İnsan öğrenir. İnsan noksandır. Allah'a olan muhabbeti sayesinde sıyrılır dünyadan. Allah muhabbeti edebildiğin kişiler senin insanın asıl anası babasıdır. Çünkü onlar senin aslını doğdurur, ortaya çıkarır. Seni sana bildirir ve Hakk'ı buldurur.

Muhabbetin o güzel tohumlarını atan sevdiğim
ey her günüme muhabbetini sığdırdığım yâr.
Her gün hasretle içime ses veren yâr.
Gönül senin sevginle dolu olunca her şey sen.
Bir kuş sesinde, bir dalga vuruşunda, bir çiçeğin açışında
göğe baktığım bulutlarda, yıldızlarda her şeyde bir sen...
Duyuyorum, gönlün ses veriyor bana.
Muhabbetini eksik etme gönlümden.
Gönlüm susuz kalır, dil kelamsız, yarınlar ümitsiz...

İçgüdü

İnceden sızar bu dert. Sınandığımız yer kalbe değince, ağırlaşır dünyanın yükü biraz daha. Yine de şükür der tatlandırır dilimizi susarız, yüreğimize dokunan vardır çünkü emanetimizi korur kollarız. Dokundukça Rabb'e yol aldıran bu hüzün, biliriz ki geçer... Geçer de inşallah hayra değer de geçer...

Mesela bir martı. Ne kadar güç ve soğuk da olsa hava, rızkını arar. Ve bu asla zahmet değildir onlara. Bir karınca mesela; yüksekten baksan küçümsersin nereye gidecek de ne bulacak dersin. Ama o nefes almadan duraksamadan rızkını arar ya hani. Bana da zahmet değil ki seni sevmek, dünyaya bırakıldığımda baktığım ilk şeysin sen. Döndüğümde durduğum, düşündüğümde aklıma düşen.

Dua ettiğimde ellerimi sıkı sıkıya kaldırıyorum, kabul olsun diye. Öyle içten bir inançla dua ediyorum ki Rabb'ime. O kadar uzaklardan bana yaşattıklarına bak. Seni seviyorum desem, basit kalmaz mı? Seni yaşıyorum demek daha mantıklı...

Boşanmaktan Vazgeçiren Söz

Zamanın birinde bir adam hanımı ile hiç geçinemezmiş. Evde her gün gereksiz şeyler yüzünden kavga eder dururlarmış. Adam bu tartışma ve huzursuzluktan bıkıp artık ayrılmak ister. Bu karıkocanın kavgaları yüzünden iki tarafın aileleri de birbirine girip araları açılır. Bu adam bir gün bitik bir halde, fikir etmek için tecrübe sahibi, Allah dostu, herkes tarafından sevilen, sözüne güvenilen bir zata gidip durumu anlatır, hanımından boşanmak istediğini söyler ve hikâye de tam burada başlar. Âlim kişi bu adama, "Artık ayrılsan da fark eden bir şey olmaz. Senin yalnız bir ay kadar ömrün kaldı, ne istiyorsan yap!" der. Bu sözü duyan adamın rengi atar, kendinden geçer, yine perişan bir durumda çıkar mahallesine döner.

Rastladığı tanıdıklarıyla helalleşmeye başlar. Borçlarını öder, özürlerini diler. Eve gider, hanımına ağlamaklı, "Hatun gel, bunca zamandır seni üzdüm, sana iyi kocalık yapamadım, istediğini alamadım, hakkını gözetemedim, kızdım bağırdım ne olur beni affet, bana hakkını helal et" der.

Hanımı, "Allah Allah, şaka mı yapıyor yoksa, bu adama ne oldu da böyle şeyler yapıyor!" der. Ama adamın ciddi olduğunu gördükten sonra canı acır ve "Bey, asıl sen hakkını helal et, ben hep edepsizlik yaptım, seni çok üzdüm" der. Yıllardır kavgalı olan çift birbirine sarılarak başlarlar ağlamaya...

Sonra adam, kavgalı olduğu kayınpederine gider. Onlarla da ağlayarak helalleşir. Adamın hanımı da, kendi kayınvalidesine gidip aynı şekilde helalleşir. Eve döndüklerinde her şey değişmiştir. Kimse eskisi gibi değildir, sanki adam ölmüş yeni bir adam doğmuştur. Artık evde her gün cennet hayatı yaşarlar ve birbirlerini hiç üzmezler...

Ama adam, hanımına, o zatın, öleceğine dair sözünden hiç bahsetmez. Bir ayın dolması için günleri sayar. Günler yaklaştıkça adamın iyiliği artar, insanların hakkını gözetmesi ve geceleri de ibadeti artar. Bunun iyiliği artınca hanımının da ve ailelerin de iyiliği artar.

Bir ay dolar. Adam ölmeye hazırdır artık, bugün olmadı yarın öleceğim nasılsa düşüncesiyle yaşamaya başlamıştır. Günler geçer haftalar geçer ama bir türlü ölmez. Kendi kendine düşünmeye başlar: "Belki tam bir ay dememiştir bir ay kadar demiştir, yakında ölürüm nasılsa" diye iyi bir insan olmaya devam eder.

Birkaç gün daha bekler, yine ölmez. Sonra o zatın yanına gider, "Efendim ben ölmedim" der. O zat da, "Ne ölmesi?" deyince, "Efendim siz bir ay kadar ömrün kaldı demiştiniz, o bir ay doldu ama ben ölmedim" der. O zat da, "Kardeşim, ben senin ne zaman öleceğini bilemem, ama şunu biliyorum, ölüm var, bir gün elbette öleceksin. Ölecek adam kavga ve kötülükle hayatını zehir etmez. Şu andaki hayatından memnun musun? Hâlâ boşanmak istiyor musun?" der.

Adam, "Hayatım çok güzel ve karımla hiç tartışmamız olmuyor artık" der. O zat, "Haydi artık böyle devam edin" der...

O ailenin iki çocukları olur, gül gibi geçinip giderler. İşte bütün mesele ölümü unutmamaktır, bu gerçekle yaşayan birisi hayatın hep doğru tarafında durmaya çalışır ve iyilik dışında aklında bir şey olmaz. Ölümü unutunca ise dünya nereye istiyorsa oraya sürüklenir gideriz...

Özlemek

Seni çok özledim, çok
gerçekten çok özledim
"gerçekten" de çok özledim!

Hiçbir yere gidemem sensiz. Hangi şehir, yanımda sen olmadan beni sokaklarına buyur edebilir? Sensiz beni kabullenecek şehrin içine ben adım atabilir miyim? Avuç dolusu kaç dua affettirebilir bizi? Daha kaç şiir yazacağız gidip de dönmeyenler için, hangi şarkının nakaratında yokluğumuza sarılıp ağlayacağız?... Hangi şehrin sokaklarında buluşacağız vuslat vakti gelince?...

Beklentilerimiz

Beklentisi olmadan yine de beklemekti
bir çayın içine sığdırdıklarım
kimi zaman hayaller diye içtiğim
kimi zaman gerçekler diye yutkunamadığım.
İnsana sevdiğinden bir kitap okunması...
Belki de bir ötesi
belki de bir insanın başına gelebilecek en güzel şey
sevdiğinin diline dua olmaktır.

Allah yolunda sevdiğiyle yürümemizi
sevdiğinin dualarında adımızın geçmesini
ismimizi de sevdiğimizden duymayı nasip etsin...

Mutlu olmak isteyen gözlerini kapatıp yaşasın bu dünyada.
Mutsuz olmak isteyen öğrenmeye ve araştırmaya başlasın.
Hakiki mutluluğu isteyenler ise keşfettiği hakikate
adasın ömrünü...

Bu İnsanlar Bizden Ne İstiyor?

İnsanların bize tam olarak ne öğretmeye çalıştığını bilmiyorum. Ömrüm onların öğrettiklerini unutmaya çalışmakla geçiyor.

Sevdadan ölmek ayıp mı diye sormak istiyorum onlara. İnsanların kirpiklerine uyguladıkları bakımın bile bir uzmanı varmış. Ben bir peştamala sarmışım anılarımı, geceleri bekliyorum. Mürekkep ne kadar yeterse kafiye yazacağım sevdiğime. Söyleyin bana bir moda serserisi bizim hayallerimizi anlayabilir mi? Naftalin kokulu şehirlerde bizi büyüten annelerimiz kulağımıza bir domates tazeliğinde hakikatleri neden fısıldamadı?

İnsanlar bize tam olarak ne öğretmeye çalışıyor? Gençlere sigortalı bir işe girmezlerse ölürsünüz demek de neyin nesi? Kaç paraya geri verirler, bize bir iş uğruna hibe ettiğimiz ruhumuzu? Bebekken unuttuğumuz kalbimizin tebessümünü kaç sırıtışımıza geri verirler?

Gözümüzün içine bakın ve sebepsiz hüznümüzü görün. Biz uçmak istiyoruz. Eğer uçabilirsek, hiçbir dünya derdi bizi bir köşeye sıkıştıramaz...

Gece Tarifesi

Gece
sardı yine o siyah örtüsünü.
Kimi için uyumaktı
kimi içinse uyanmak...
Ve uyumak değil uyanmak olmalıydı gecenin anlamı...

Gece karanlık diye inananlara
seccadeleri ıslatan gözyaşlarının aydınlığı gösterilmeliydi...
Dua dua çözüldükten sonra
Hem bu dünya için
hem ahirete ettiğin duaların sırrı verilmeliydi.

Bir kitap alıp, gecenin kıyısında çayı yudumlamaktı...
Gece tarifesi yapınca gönül, düşünceden fazla yakıyor!

Evvel ve Ahir Allah

Bir ezan sesi çalar yürek kapımı.
İnşirahın serinliğini hissetmek için camı sonuna kadar açıp duaya sarılır yüreğim.
Belirtisi hüzün olan imtihandan gözyaşı değmeden geçilmez!
Nasiptir, değildir! Hayırlısı dilimin ezber taşı...

"Biz her insanın kaderini, kendi çabasına bağlı kıldık"
İsra 13 ayeti tezahür eder yüzümde...
Bilirim önce tevekkül
sonra nasip...
Sol yanım hep emanetleri kaybolmayan Rabb'e emanet...
Gerisine zaten eyvallah, evvel Allah, ahir Allah...

İnsan o kadar hazır ki bir şeylere sahip olup gülümsemeye ve bir şeyler gidince de üzülmeye. Dışardan gelen güzel sözler sevindirdiği gibi kötü sözler de incitebiliyor. Ama neydi ilk ders? İncitmemek, son ders de incinmemektir. Seni incitenler varsa sabret onların sevaplarından alıyorsun. Şunu da unutma ki incinmek de bir kusurdur. Ayet ne diyor? "Elinize verilene sevinmeyin, alınana da üzülmeyin."

Su ve Ateş

Üzerine ne çok kelam yazılmıştır. Derin bir aşkın, iki büyük imgesi (kalbe dokunuş şekli) olarak karşımıza çıkar. Yanmak, yandıkça susamak, susadıkça kanamamak. Bir varoluş değil, bir yok oluştur çünkü bu hal. Ve bu hal şükre sebepse, yanmak suyu istememek ama kavuşursa "hiç" olmayı göze almaktı. Biliriz bunları velhasılıkelam, biliriz de:

Vakit imsak...
Camı sonuna kadar açıp ezana karıştım biraz.
Karanlık nurlu bir aydınlığa koşuyordu sanki.
Üstüne en güzel yaldızlı kıyafetini giyip...
Ve niyete tekabül ediyordu kalp.
Şimdi su ve ateş misali.
Ömür boyu bir niyete oruçlu olup, yanmak ve susamak...

Dudaklarına günün sonunda bir damla suyun değmesiyle Rabb'e şükre durmak. Yan ve son. Hak için yürüyorsan, yanışın güzel bir son bulur daima...

Bu beşeri hayatın nefesi kesildiğinde alışmadığım bir dünyanın yalan sevgileri ile yanmaktansa, bir dünyada kavrulan bir tek yürekle haşrolunmayı isterim. Unutulmasın ki sevgi rızıktır. Su ve ateş de rızıktır bu dünya için. Rızık olunca şükürsüz olur mu hiç? O yüzden yanmalara da yanıp susayıp yok olup, tekrar yanıp kavrulup, hiç olmaya da eyvallah. *Gelse de gelmese de eyvallah...*

İki Nefes

Nasıl da yaşlanır ten...
Dile düşen derdin
Geçmeyecek mi sanırdın?
Geçer ve geçecek!
Ya içine atıp da geçiremediklerin.
Sustukların.
Çayın demine atıp da yuttukların.
Hangi dünya içinden büyük ki?
Hangi aşk sevgiliye yakın olmuş ki?
Değmeyecek eli tuttuğunda kendine kızarsın da
ona kızamazsın...

Beklenti değildir ki sevmek.
Beklemekti.
Beklenenlerin çoğu da zaten gelmezdi...

Ve kaybedince değerlenirdi, oysaki hep değerliydi.
Velhasıl geceye dua düşer şimdi dilden,
dilden ziyade gönülden.
Aşk daha değerli olmaz değerini göstermeye çekindikçe
asıl değerini yitirir dile gelecek cesareti bulamadıkça...

Seveceksen Eğer

"Yarım hurma ile de olsa kendinizi cehennem ateşinden koruyun..." Efendimizin (sav) beyanı ve duası...

Bazen öyle şeylere üzülüyoruz ki. Tamam beşeriz ama öylesine abartıyoruz ki ihtiyat etmemiz gereken şeyleri unutuveriyoruz. Sevgide sadık olmayı ve dünya hayatına gönül bağlamamayı O'ndan öğrendik. Şimdi kalplerinde merhametin, sevginin, sadakatin olmadığı bir dönemde yarım hurma tanesi inceliğine sahip olsak ya.

Ağlanacak şarkılarda bile öyle güçlü bir sebep olacak ki her daim tebessümün şaşırtacak insanları. Şehvetin esiri yaşıtlarının aksine, gözkapaklarından öpesin gelecek sevdiğini. Hayallerindeki şehrin bir tanesi yapacaksın onu.

Yağmur yağdığında o meşhur kokuyu paylaşmak isteyeceğin birini seveceksin eğer illa da birini seveceksen. Geç geldi, erken geldi demeyeceksin; hangi yaşında gelirse gelsin, şükredeceksin soluna nefesini emanet etmişse eğer.

Ve eğer gerçekten seveceksen bir gün sadece soyadını değil bütün bir ömrünü vereceksin sevdiğin kadına...

Baba

Seversin ve tümü değişir hayatının. Şarkıların bestecileri seni ve onu tanıyordur sanki. Nakaratından klibin çekildiği yere kadar siz kokar şarkı. Bir bulut gibi iki saniye düşünsen kendine yorarsın şarkıyı. Evet bulutlar, onlar da su buharlarını size benzeterek taşırlar sanki. İşte bir araba, işte bir tekne, evet bir de omzuna yaslanmış Elif'in. Yeteri kadar özlersen tüm bulutlar size aittir çünkü. Yeteri kadar da seversen tüm gökyüzü...

Küçükken, o zamanlar seni tanımıyordum bile, işte o kadar küçükken babam bana gökyüzüne en çok bakan kimse, gökyüzü onundur demişti.

Ekinoks

Bugün 23 Eylül
yani ekinoks.
Yani gecenin gündüze eşit olduğu gün.

Geceyi gündüze eşitleyen Rabbim, ahiretimizi hayırlı amellerle eşitlesin. Adaletinden de merhametinden de sual olunmayan Hak Teâlâ. Elbet hak olanı ortaya koyacak ve hasatların has tartıldığı o terazi önünde. Ak da kara da belli olacak...

Ah bu telaşın ne kardeşim, bak koca günün şekli değişti. Yüzün mü değişmeyecek sanıyorsun, yoksa yüzü mü sevdiğinin? Çıkmak gerek bu nefis zindanından. Kurtulmak gerek güzelliğe ve eşyaya tapmalardan. Ne demişler: "Bir kıvılcım gelir malı alır, bir sivilce gelir bütün güzelliği alır."

Yaprağın mı düştü dalından, bil ki sadece sonbahardasın
Allah kerim unutma, dudakların sükûta bürünsün...

Sevda Yağıyor

Yağmur mu yağıyor, ben mi yağmur oldum yağıyorum,
bilmiyorum.
Tüm sesler, şiirler, çaya dem oldu içime karıştı!
Sevdayı nasıl bilmiştik, nasıl ıslandık?...

Yağmur kokusu gibiydi sevdanın bir hali
öyle cennet bahçesinden gelen kokular sarıyordu
sesi sevdanın duasıydı sanki dualar fısıldıyordu.
"Bizi birbirimize nasip et."
"İki âlem, bir tek sevda."

Yağmurun tenime değen hali!
Sevdanın ruha dokunuşuydu
gökten yağan yağmuru gören hüznüm
her daim yağmurdan daha da bir fazla yağıyordu...

Hani bir dağın tepesine çıkarsın takatsiz kalır dizlerin, uçurumdur ötesi gözlerin gibi. Hani artık seçenek ölmenin yolunu seçmektir ya, işte aynı böyle oluyorum bakışlarında, sensiz yaşamaktansa, bir kere baksan bana yeter.

Özgürlük olur bana o uçurum.
Çıplak kayalarına yağmurların düştüğü...

Sabır

Gönüldür sermayesi ahiret servetinin...
Öyle çok kırılan, incinen yanlarımız oluyor ki
ama incitene dua etmekten kendimizi alamıyoruz bazen.
Ve çoğu kez kalem kâğıda değmiyor. Can değiyor...
Yazılanın ötesinden seslenesin geliyor!
Gör, anla halim sana ayandır diye...
Şimdi hepsi gecenin karanlığında boğaza düğümlü,
canlar ölümlü!
Gönlünde temiz ne varsa sermayesi de ahiretin odur.
Nakış nakış işlediğin sevgin, duan, şükrün, sabrın
ve hepsi ile özdeşleşen inancın...
Ötesinden Rabb'ime sığınırım...

Dert dediğin nedir ki?

Dert, Rabb'in kuluna seni seviyorum deme şekli değil miydi? Dertsiz kul olmazdı. Peki, derdi dert etmek de nereden çıktı? Hele ki sevgi dert olur muydu, onsuz bir hayata sığamazken? Derdimiz Allah'a hakkı ile kul olmaktı, bu yolda hiç bırakmayacağımız elleri tutmaktı. Rızık bilmedik mi sevgiliyi gönlümüze? Ah, bu dünya telaşına sevgiyi kurban etmek de nereden çıktı?...

Yarım dua da olmaz sevgi de!
Ya tam seveceksin
ya da çalışmayacaksın hiçbir yüreğe girmeye...

Beklemek

Beklemek, belki de kelimeler içinde en sabra ihtiyaç duyulanıydı!

Çünkü beklemek öylesine keskin bir acı, bir o kadar da bilinmeyendi ki yürekte, içinden sabretmeden geçilmiyordu.

Ve beklemek, özlemi de içinde taşıyan ne zaman patlayacağı belli olmayan volkandı...

Her an içini yakacak olan yeni bir ateşe gebe bekleyiş...

Beklemek, ne kadar özlemek varsa sırtlamaktı hepsini.

"Ah!" etmek miydi? Asla.

"Ah!" etmek büyüyü bozar, ne sabrı öğretirdi ne de kavuşunca şükür ettirirdi.

Beklemek bile bile kendini ateşe atmak ve "Ah!" etmemekti.

Sabır silahını kuşanmaktı ve arkana bakmamak öylece beklemekti...

Hak'tan istemek, verse de vermese de eyvallah demekti...

Yâr, bekleyesim olduğu kadar gelesin olsa.

Kelimeler hüznü terk edip, artık vuslatımızı yazsa.

Teyze

Gözleri sevmenin tarifiydi yaşlı teyzenin
Kırışmış her çizgisi...
Emek verilen sevginin tebessümüyle ve gözyaşıyla aydınlandı
"Ya ölürse, efendim, evim, ocağım?" dedi.

Yalnızlık çok zor evladım
hele aşına aş, yüreğine aşk olan yoksa...

"Çocukların hepsi evlendi barklandı. Torun torba derken kaldık gene de bir başımıza.

Ha, yakınma değil bu, onun başı benim başıma olunca şükür etmeyeyim de ne edeyim?"

Öyle güzel söze falan gerek yok, bana öyle bir bakıyor ki
çayımın demi, evimin sıcağı, dilimin tadı yerine geliyor...
Uğruna değecek biri varsa yanında
bir ömür acı da olsa insan seviyor, sığınıyor...
Ellerinde baston ama dayandıkları yürekleri...
Sevda dediğin "dünya ve ahiret" için hayır olacak...
Hayal kurmak da bir tür duadır.
Allah hayırlı hayallerinizi kabul etsin.

Nasipse

Bazen hayaller kurdukça yıkılan ve yıkılanların altında kalan sen olursun. Ettiğimiz dualardan çok hayal kurduğumuz içindir belki. Böyledir! Can bile bizim değilken hayatla pazarlıkta ortaya ne koyabilir ki insan? Kaç kişi hayalden çok dua kurmuştur hayatında? Öyleyse nedendir bu isyanlar, şikâyetler? Hesap soracağımız kimse yoksa, kime bu isyan?

İnsanlara isyan, şikâyet yerine şiir öğretilseydi, böyle mi olurdu? Kızası gelince gider şiir yazar, şiir yazınca okur, okuyunca adam olurdu.

Tevekkül diye bir sır var. Ve biz nasip kelimesinin gerçek manasına inanıyoruz tevekkül edince, Hakk'ın ya onu vereceğine ya da daha hayırlısını vereceğine inanıyoruz.

Diyeceğim o ki nasipse olur, olmazsa gideriz...

Bakış

Ne yaşın hükmü vardır ne de aklın bazen! Öyle belirsiz kelimelerden ibaret kalır hayat kalbin kimsesiz sokaklarında. İçinde yaşatır büyütürsün anlatamadıklarını. Sende saklı kalır. Annen baban anlamaz bazen. Zaten ilk onlar anlamaz. Bazılarının anlayacak babası da yoktur zaten, yüreğinde sakladığı o baba kokusu dışında.

İçindeki şehrin en güzel yerine ise ancak sevdiğini koyar insan. Görmesen de o gül yüzünü, duymasan da ismini söyleyişini o ilk sevme var ya, işte o. Saklıdır yüreğindeki şehirde.

Kim gelsin ki anlatasın? Kimsesizliğin dibindeki her akşam vakti çıkarırsın zihninden bir fotoğrafı bakar durursun. Ama nasıl bakma. Ama nasıl ağlama. Gören, eli eline değdi sanır. En güzeli ve tarifsizi de sen ona bakarsın ve o zaten sana bakıyordur.

İşte doğduğun günden bugüne kadar yazdığın her satırın tükenişidir o bakış. Kalsın dersin hayat, kalsın. Tükenmişsindir artık. Belki de dirilmiş...

Sonbahardaki Yaprak

Ağaçların kökleri sımsıkı sarılmış şehirleşmeye direniyor, bizlere sevebildiğiniz kadar sevin der gibi. Herkes hak ettiği toprağa basmalı, yağmurda ayaklarını toprağa bulamalı, varsın biz pis kalalım, onlar şehirli. Hem yüreğinde bir Elif miktarı Hak sevgisi taşıyanlar, toprağa basmayı hak etmiyor mu?

Sonbaharın hüznü nereden gelir, bilir misiniz?
Sonbaharın bir yanı ayrılık, bir yanı kavuşmaktır...

Ayrılıktır
yaprak yaprak dökülmektedir ağaç, insanın içi gibi.
Yaprak ki o güven veren,
kök salan ağacından uzaklara savrulmaktadır...

Kavuşmaktır
toprağa düşünce yaprak kurur ve özüne kavuşur.
Ağacın, yani sevdiğinin kökleri zaten topraktadır.
Ölüm gibi.

İşte insan da sonbahardaki bir yapraktır
ayrıldım dediğinde kavuşur sevdiğine...

İnşirah

Biraz kırılıyor insan.
Sesinde sıcaklık eksik kalınca...
Hatta yoruluyor
yüreği sarmayan cümleleri yüklenip taşımaktan...
Oysaki varlığını vatanım bildiğim topraklardan
şimdi sürgün yemiş gibiyim...
Yabancısın hanidir...
Sevmek bana kalmış, gitmek de sanki.
Hâlâ çocukmuş bu gönül.
Hemen incinip, gözlerime vurur olmuş yağmur...
Çok kırılıyor insan.
Sevmek sadece kavuşmak değil ki...
Bazen çok sevmek kavuşamamanın ta kendisiydi...
O yüzden yine bir eyvallah...
Yine bir inşirah sürme vakti geldi yüreğimize...

Artık

Artık yazmaya bile korkar oldum...
Cümleler devrildi
kelimeler hüzne boyandı
okuduğumuz gibi değil sevdalar...
Beklediğimiz gibi hiç değil olanlar.

Şimdi hangi harfi kurban edip de sen diyeyim?
Hangi süslü mecazların rüzgârında seni bulayım?
Yok can...
Perperişan yüreğim
anlıyorum kelimesinin yüreğimdeki versiyonu daha etkili...
Elif olmak...
Vav olmak...
İşte sevdalı olmak Elif gibi iken vav gibi
yeri gelince bükülmek...
Sözde değil, özde bunu bilmek...
Vardır bu gecenin de sabahı,
her karanlık gecenin olduğu gibi...

Namaz kıl, dua et ve âşık ol.
Her şeyin nasıl düzeleceğini göreceksin.

Sevmeyi Bilmeyen İnsanlar

Toprak yollar biz yokken de vardı. Üzerine basmak için toprak yerine betonu kimin seçtiğini bilmiyorum ama o kişinin hayatında hiç âşık olmadığına eminim. Betonlardan yağmurun kaldırdığı kokuyu alamazsınız. Mühendislerin şairlerden oluşması gerektiğini düşünüyorum. Hatta sevmeyi bilmeyen insanlara bir şey yaptırmasınlar. Şu anki haliyle dünya çok sırıtıyor. Şöyle bir kaçamak yapın beton binanızdan ve sırtüstü uzanın doğanın yeşil omzuna, sırtınızda o tatlı soğukluğu hissettiğinizde ağaçların arasından sizi yakalamaya çalışan güneşe bakın. Allah'ın ağacı gözünüz kamaşmasın diye canla başla sizi koruyor sanki, değil mi? İşte o an şunu diyorsunuz:

Şehirler bu haliyle olmamış, çok sırıtıyor. Betonların içinde yaşamak benim tercihim değildi, bu dünya bize göre değil. Mühendisleri şairlerin içinden seçmeye ihtiyacı var bu dünyanın.

Belki de sevmeyi bilmeyen insanlar bilenlerin imtihanıydı?

Yağmur, Çay ve Şiir de bu insanlara sabır için dünyaya hediye...

Lal

Ne çok el'veda'lar biriktiririz içimizde
sonra el'de var bir "veda" kalır gidemediğimiz...

Belki de bir şiir olur kalır,
tek bir mısraını dahi bitiremediğimiz!
Yarım yamalak bir umut gizli içinde...

Taşımaz bizim gibilerin yüreği bu âlemin derdini...
Sevgisi, sadakati, sabrı, her şeyi eksik...
Tanıyamıyorsam
her gün ezber ettiğim yüzünün çizgilerini
adını her hayalime ortak diye eklediğim seni, yâri
dünyadaki her şeyin silindiği gözlerini
nasıl alışayım yaşamaya?

Söyle, nasıl bir mana bulayım solumda acıtıp yakana?

Zaten bu dünyanın kalıcısı değiliz ki bu

dünyalık tutaydım elinden.

Bu dünyadaki hicretim sanaydı, yüreğime ensar ol istedim...

Ahiretime ise sen eş ol diledim...

Biraz nefes, biraz mecal, biraz yol...

Ya nasip olunur, bir olunur.

Ya da? Şimdilik "Lal..." deyip susuyorum, her şeyi hakkı ile gözeten, bilen Rabb'ime havale ediyorum. Ben sadece Allah rızası için seviyorum.

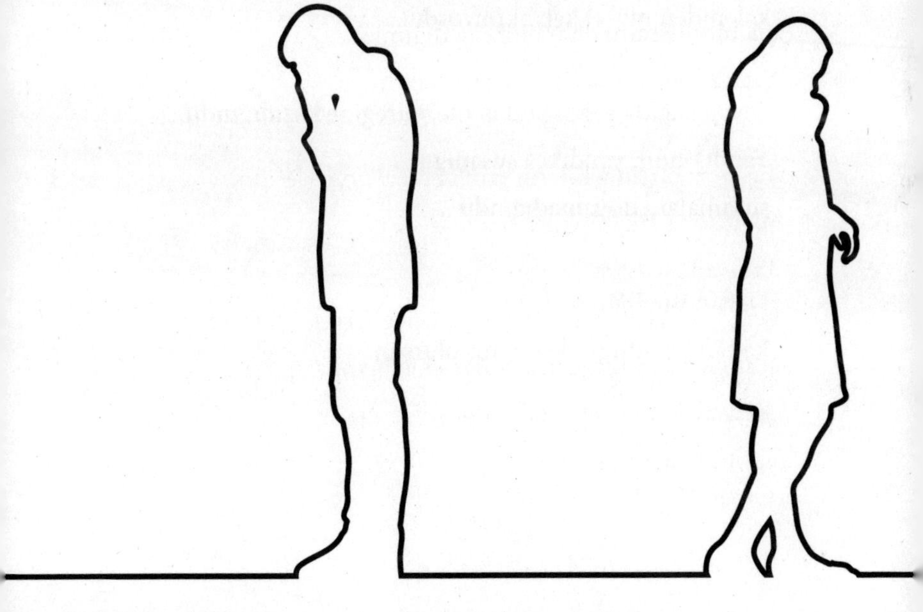

Yazamadığın

Dupduruydu, masumluk yüzünde
yeniden dünyaya geliyordu
gözbebeklerinde henüz doğmuş yüzlerce ceylan
bana bakıyordu
yüzme bilmediğim denizlerde yüzesim geliyordu
gözlerimi kapatıp yüreğini düşündüğümde
kalemden mürekkep akmıyordu...

Sevda kâğıda yazdığından öte, yüreğine kazıdığındır...
Yandığındır, yandıkça susadığın,
susamalara doyamadığındır...

Nefsin istediğinde değil
kalbin hissettiğinde sevmiş olursun.

Sabrın Demi

Yaşamadan, kaybetmeden anlamaz insanoğlu. Değer verince eksileceğini sanır! Asıl değerini vermediğinde eksilmez miydi sevgiler? Sevgi biter demiyorum ama sevgi alır başını gider. Kokusu kalır, sarılırsın geceleri. Soluk ne zaman kesilir bilinmez ama değer vermekle de değer kaybedilmez...

Asıl olan gözleri dolunca üzülünce sevdiğin, yüreğine sereceğin pamuklara sarabilmek. Biz çayı boşuna sevmiyoruz. Çay da dem sabrı gözetir, sabır da aşkta vuslata erdirir. Demini eksik bırakırsan, sabrı da kalmaz canın. Vuslatı sona erdirir. Çayını demli içip, sevdiğini sabırla bekleyeceksin. Şimdi içimdeki tüm sesleri susturup, huzuru yudumlama vakti. Hayır olsun, hakkıyla edilen her tevekkülün sonu gibi...

Peki deniz unutulur mu hiç? Özgürlük unutulur mu?

Bir seçim ise unutabilirsin, bir kader ise unutamazsın.

Bir sevgili ise unutabilirsin, sol yanın ise unutamazsın...

Nasıl gözlerini kapatınca bir şey görememen gözlerinin olmadığı anlamına gelmiyorsa, sevdiğinin yanında olmaması, sesini duymaman, sevdan olmadığı anlamına gelmez.

Düşündüğün bir şeyi unutabilirsin, inandığın yol unutulmaz.

İncinmek

Gözümü kapattığımda,
ruhum bir Filistin acısına hapsoluyor...
Bir Bağdat ruhu bağışlanmış gibi bedenime
üzerimde yeryüzünün ağırlığı
bir bomba daha yaktı bir çocuğu
davanız nedir ey dünya halkı
kaç öfke daha kazacak bu insan çukurunu
kaç çocuk şekeri daha karışacak toprağa
kaçınızın şerefini toplasak güzel gözlü bir
Filistin çocuğu eder
cehenneme kor gerek gidin artık
karşılığında istediğiniz kadar şiir yazacağım!

Bir namaz sonrası yüreğim Kâbe'ye dönük "Ümmetim..." diyen bir Peygamber (sav) özleminde yanıyor. Modern zaman cehaletinin içinde nefes almaya çalışan bizleri görseydin de bir devir daha seninle kapansaydı. Şimdilerde dilde kalıyor

Müslümanlık, kalbe inmiyor. "Allah rızası" altında kardeş kardeşi öldürüyor...

Cahiliye döneminin kara kuyuları şimdi ise beyinler
o zamanki kız çocukları gibi hakikatleri
diri diri gömüyorlar...

İnciniyor yürek işte. Hele de aşk ile kavrulmuş bir yürek varsa, gözümün yaşı eksik kalır mı? Hani bir söz var; gözyaşları, dünyada dayanılmaz hale gelen aşk ateşinin sönmesi içindir.

Bu sebeple Allah Resulü (sav) şöyle buyurur: "Mahşerde cehennem kıvılcımlarının insanları kovaladığı hengâmda, Cebrail elinde bir bardak suyla görünür. Ona, bu nedir diye sorduğumda bana şöyle cevap verir: Bu, mümin kulların Allah'a olan saygı ve bağlılıklarından dolayı döktükleri gözyaşlarıdır. Şu korkunç kıvılcımları söndürecek tek şey de bunlardır."

Gerçek

Her şey şimdi gerçekliğinden uzak!
Büyük gibi gözüken denizlerin sığlığında yaşıyor ya insanlar...
Bir damla suda boğulmak bu olsa gerek...
Yüreğinin varlığı ile değil,
sahip olduğu kimlik belgelerine sıkışmış ruhsuz canlar...
Sonra bir sala daha yükseliyor...
Bir can daha toprak oluyor.
İşte diyor, fark edin, daha neyin kıymetindesiniz?

Yaşamakla ölmek arası, santimlik kumaş farkında iken
elini kalbine koyunca değil
kalbini seccadeye serdiğinde anlarsın yaşadığını...
Sıcak bir gün, hafiften serin bir rüzgâr
dengeliyor yaşamak denilen anı...

Çayı da yama yaptık mı acıyan yanlara...
Emanet ettik sevdiklerimizi de
emanetleri kaybolmayan Allah'a...
İnşirah rüzgârları dengeler yürek yangınlarımızı da...

Sabah

Sabahın ezana kavuştuğu vakitten beri ayakta olmak!
Bu huzurun tanımı kelamlara sığmıyor.
Ve ardından yeni günün bereketini
kucaklamak istercesine dışarı atıp kendimi
saatlerce yürümek.
Her adım sanki şükre dönüşüyor...
Tabiat günün zikrine başlamış
Her şey rahmete bürünmüş.
Yüreğe değen kömür karası günlerin getirdiği acılarımız var
hep taze kalacak...

Ama dualarımız da var
kurtuluşa kavuşturacak...
Ölüm en gerçek olan.
Geçecek bir dünya için sevdiklerimizi,
canım dediklerimizi üzüyoruz ya!
Gözyaşlarından yağmurlar bıraktırıyoruz ya!
Ah kalp kırmak...
Yakar, dağlar... İncinen yanlar.

Ve yine incitene dua dökülür, ona bir şey olmasınlar...
Hayatı yorumlamak değildir yaşamak
bir yanı hep hüzün, bir yanı huzurdur canlı kalmak...
Velhasılıkelam, gün cuma, gün hayr...
Bereketli kılanlardan olmak duasıyla...

Şimdi bir çayın deminde
hüzünlü bir tebessümde tekrar güne
bismillah demek gerek...

Münacat 2

Onlarca yıldı yaşım
yani, yaşımın bir rakam olmaktan çıktığı
yıllandığı, sensizlikle dertleştiği vakitler...
Yokluğunda geçen her saniyenin asırlık anıları var üzerimde.
Miladım saydığım, seni gördüğüm
doğarken bana ezberletilen yolum avuçlarıma çizili...

Hasretti yaşım
ayaklarımı çamura bulayıp eve geldiğim yaşlarda
başladığım seni sevmelerim
şimdilerde şiirlere bulanıyor.
Sensizliğin şiirini yazmıyorum
sevmek bende neyse harf harf dökülüyorum...
Kalemin bile tutuştuğu
hasretin yaktığı
dumanı bile tütmeyen, kavrulmuş bir yüreğin yanışını
senden başlayarak Rabb'e giden yolumu yazıyordum ben...

Yazmaktan da öte münacat ediyorum...
Hasreti, Aşk-ı Tevekkül edip yaşıyorum...

Manaydı yaşım
adın ki bende perde perde beşeriyet zincirlerini kopardıkça
ben manaya bulanıyordum...
Sevmenin sadece varlığın işi olduğunu
söyleyenlerin arasında
tüm ezberlerin ötesinde
ben seni varlığından öte değil,
yokluğundan öte seviyordum...
Ayrılıkların imtihanlarının birer perde
hakikatinse Rabb'e giden bir yol öğrendim...
Adın manaların en deriniydi...
İsmini söyledikçe üzerime mana işleniyordu...

Şiirdi yaşım
Elif'i koyuyordum tam merkezine yaşadıklarımın
öyle güzelleşiyor ki zihnim
çiçekler açıyor sana yazdığım şiirlere benzeyen dağlara
denizlerin rengi yeşile çalıyor Elif'i zikredince.
Yollar doğruluyor, hepsi tek bir yöne uzanıyor
kuşların hepsi bana bakarak uçuyor
bir şeyler anlatmaya çalışıyorlar sanki...

Sesindi yaşım
her müzik zihnimde bir ekosistem canlandırıyor
yani dağlar diyorum, nehirler, ağaçlar...
Her şarkıda farklı bir ortamda hissediyorum ruhumu
orada yaşıyorum sanki ora benim kolum
gözlerim, biraz da özleyişlerim...
Sesleri de hayal ettiğim o yerde sessizlik
hâkim oluyor Elif deyince.

Sonra bir ezan sesi, titriyor gördüğüm her şey
öyle etkilenmişim ki yağmur yağıyor sanıyorum
sen tarafındaki gözümden yaşlar akıyor
dilimden sadece ismin çıkabiliyor
elim sadece ismini yazabiliyor.
Kuşları takip edip, ezan sesine yürüyorum
yeşilliğin parlaklığı öyle artıyor ki sana yaklaştıkça
bir yerden sonra aklımı terk etmek,
gözlerimi ellerimi feda etmek
sadece kalbimle ruhumla yürümek zorunda kalıyorum.
Sana benziyorum, senin yanında nefes aldıkça
Elif diyorum...
Meğer bu yolda başıma gelen en güzel şeymiş Elif
meğer Elif Gibi Sevmek, Rabb'i sevmek
O'na yürümek için de bir sevdayı sebep etmekmiş.

Hikmet Anıl Öztekin
fesleğen
'Bir' olana meftun o kızın hikâyesi...

Hikmet Anıl Öztekin
elif gibi sevmek
nefes
Sevmek,
belli bir gün olur diye şair olmaktır.

Hikmet Anıl Öztekin
eyvallah
Seyyah
Yar, demlendik bir kere hasretinle,
artık gelsen de eyvallah gelmesen de...

Hikmet Anıl Öztekin
eyvallah
Birlik Dükkanı
Varacağını bilmediğin yola çıkar mıydın?